LE MENTALISTE QUI A CHANGÉ MA VIE

LE MENTALISTE QUI A CHANGÉ MA VIE

STÉPHANE MALOCHET

Couverture : 2LI (www.2li.fr)
ISBN : 9798655602847

1

Je fixe le sol sous mes pieds et constate qu'une latte du parquet est endommagée. Vu d'ici, ce théâtre me paraît beaucoup plus amorti que depuis mon siège. Mais pourquoi suis-je montée sur cette scène ? Pourquoi ai-je accepté de me donner en spectacle devant ces gens que je ne connais pas ?

— Bonjour, comment vous appelez vous ?

— Lucie, répliqué-je la bouche déjà sèche.

— Je suis Maxence, un grand merci à vous de vous prêter au jeu.

Une minute auparavant, un projectile en forme de PNI (peluche non identifiée) avait heurté mon épaule. Impossible de la voir venir, elle avait rebondi en provenance d'une rangée du fond de la salle. Ma tranquillité avait pris fin brusquement lorsqu'une forte lumière blanche s'était abattue sur moi. À cet instant précis, les spectateurs avaient poussé un cri de joie et les applaudissements avaient rempli l'ensemble du théâtre, me désignant à l'unanimité comme celle qui avait gagné le privilège de monter sur les planches. En me levant de mon siège, j'ai senti tout mon sang descendre jusqu'aux semelles de mes Stan Smith. Une belle bande d'hypocrites, voilà ce qu'ils sont tous dans cette salle. Alors que de toute évidence ils apprécient qu'une autre qu'eux soit soumise à la torture, quel soulagement ils doivent éprouver.

Il m'avait fallu rassembler tout le courage de la petite fille convoquée au tableau par le professeur de math pour parcourir les quelques mètres qui me séparaient du tableau noir.

— Lucie, si je vous dis « Roulette russe », quelle image vous vient en tête ?

— Je pense à une scène de film plutôt bizarre et dérangeante.

— Oui, dites-moi plus précisément ce que cela

évoque pour vous ?

— Un vieux film avec Robert de Niro.

Le mentaliste régnait seul en scène depuis le début de son spectacle. J'occupe maintenant une place à ses côtés. Des cheveux poivre et sel associés à une poignée de main franche contribuent au sentiment d'assurance bienveillante qui se dégage de cet homme.

— Voyage au bout de l'enfer, c'est bien cela ? confirme Maxence. Pouvez-vous décrire le passage de ce film pour ceux qui ne le connaissent pas ? Ce serait très aimable.

Je me souviens bien de la scène, car elle m'a mise dans un état de stress intense.

— Oui, précisé-je, cela se passe dans un bar sordide. Deux personnes qui n'ont pas l'air dans leur état normal jouent avec un pistolet et se le posent sur la tempe. Ils actionnent la gâchette chacun leur tour. Le premier qui meurt a perdu, conclus-je avec un petit ricanement étranglé.

Comme en écho à mes bruits de bouche parviennent jusqu'à moi quelques chuchotements en provenance des premiers rangs. Mon regard circule plus largement sur l'ensemble de la fosse et s'élève jusqu'au troisième escalier. Jamais je n'avais vécu une situation comme celle-ci, de ce côté des projecteurs.

— Oui, reprend le mentaliste avec une voie tonique et assurée. Vous décrivez un passage d'une grande intensité qui reste en mémoire de tous ceux qui ont vu ce film. Les protagonistes utilisent un revolver comprenant six chambres. Pour jouer à la roulette russe, vous n'insérez qu'une seule balle dans le barillet. Ensuite, avec votre main libre, vous impulsez une rotation d'un coup sec. Et après quelques tours, vous avez perdu la trace de la balle. Vous refermez le barillet et vous êtes prêt à vous mettre le pistolet sur la tempe, sachant que vous avez une chance sur six de vous exploser la cervelle.

Il me fixe avec une expression encore plus intense. Et c'est sur un ton plus posé et en marquant un léger ralentissement dans son débit de paroles qu'il s'adresse maintenant au public.

— Je me suis inspiré de cette séquence pour

l'expérience que nous allons vivre dans quelques instants.

Même si ce dernier message ne semble pas me concerner, je réalise soudain ce qui est sur le point de se produire. Va-t-il vraiment me mettre en danger ? Je ne sais pas encore ce qu'il attend de moi, mais cela ne me plait pas du tout ! Il ne compte quand même pas me demander de me plaquer un pistolet sur la tempe ? Ce serait complètement dingue, non c'est impossible, pas ici, en France ! Il doit bien exister une dizaine de lois interdisant cela. Le film avec de Niro se passe au fin fond du Vietnam, durant une période de guerre en plus. Une telle scène est impossible ici. Mon esprit s'emballe et anticipe certains des divers scénarios catastrophes, quand la voix de Maxence résonne de nouveau dans les haut-parleurs.

— Lucie, comme vous pouvez l'imaginer, ce n'est pas une bonne idée de se promener à Paris, avec un vrai pistolet, dit-il avec un sourire en coin. J'ai donc remplacé l'arme par des agrafeuses de tapissier.

À ce moment précis, les lumières se braquent sur une table en fond de scène jusque-là dissimulée dans un angle mort. Et soudain, sous l'éclairage blanc des puissants projecteurs, quatre grosses agrafeuses de tapissier rouges emplissent mon champ de vision. Il s'agit de ces modèles que l'on attrape à pleines mains et qui ont pour fonction de poser la moquette. Devant chacune d'elles, une feuille indique un numéro différent allant d'un à quatre.

Ma bouche s'ouvre légèrement, comme pour formuler une opposition.

Vous ne voulez tout de même pas que j'utilise ces agrafeuses comme le pistolet de la roulette russe ?

En réalité, la réplique n'est pas sortie de ma bouche. Bloquée au stade de la pensée. Scotchée la Lucie. Plus moyen de prononcer un mot, tout est soudain flou dans ma tête. Une partie de moi voudrait dire non et retourner à son siège pour se délecter de cette scène, en sécurité parmi les spectateurs, et savourer le spectacle du tortionnaire s'acharnant sur une autre victime. L'autre partie de moi, celle qui se dandine sur le parquet, trouve assez excitant de braver ses peurs. De nature plutôt réservée, j'ai tendance à éviter les situations où il va falloir que je me mette en avant. D'ordinaire, me retrouver dans la lumière, en plein cœur de l'action, devant autant de spectateurs, me déclencherait des sueurs froides. Et pourtant, aujourd'hui, derrière ma peur, je perçois une sensation nouvelle. Une sorte de fièvre, une envie de poursuivre l'expérience et de relever le défi. Car après tout, c'est bien pour cela que j'assiste à ce spectacle non ? Vivre des émotions nouvelles. Je sens que la Lucie aventureuse s'apprête à gagner la partie qui se joue en moi. Elle va être servie !

À cet instant précis, je me demande si c'est encore moi qui habite mon corps. J'ai toujours la bouche entrouverte, ce qui doit me donner un air idiot. Soudain je réalise que les projecteurs sont braqués sur moi, le public entier de la salle m'observe, scrute le moindre de mes gestes. Mon amie Leila aussi, bien sûr, me regarde, je ne la vois pas avec la lumière dans les yeux mais ses pupilles sombres me fixent, j'en suis certaine. Alors je me tais. J'observe, incrédule, le mentaliste et je décide de me laisser porter. De me laisser guider par ce type que je ne connais pas. De le laisser m'emmener sur un chemin complètement inconnu.

Je ne sais pas encore, à ce stade, que l'expérience que je m'apprête à vivre sur cette scène d'un théâtre parisien dans le quartier de Pigalle va complètement changer ma vie. Je ne sais pas ce qu'il va me demander de faire avec ces outils dangereux. Je ne sais pas si je vais avoir le courage de faire ce qu'il va me demander de faire. Et surtout je ne sais pas si je vais réussir à éviter le ridicule devant cette salle remplie de ces gens qui ne semblent pas décidés à me venir en aide. Leurs sourires témoignent, bien au contraire, de leur délectation face à mon embarras visible. En résumé, je sais que je ne sais pas et que j'ai pourtant décidé de me montrer en spectacle.

Tu es complètement folle ma pauvre fille.

En revanche, je sais que je vis quelque chose d'une intensité si palpable que pour rien au monde je ne laisserai ma place à une autre. Vu sous cet angle, pas si folle la Lucie.

Comme pour m'arracher à mes pensées et me ramener sur terre, Maxence claque des doigts devant mon visage

— Lucie, vous êtes avec moi ?

— Oui, balbutié-je en mode automatique.

Son regard se focalise sur le mien et il commence à mimer avec ses mains ce qu'il m'explique à l'oral.

— Lucie, imaginez ce que l'on peut faire avec cet outil. Par exemple, si vous souhaitez assembler des pièces de bois pour construire un cadre de tableau. Vous allez les fixer l'une à l'autre, les agrafant dans les angles. Puis vous agraferez ensuite votre toile par-dessus. Imaginez, ajoute-t-il, les dégâts que pourraient provoquer ces agrafes sur votre main.

Il pince alors la peau de sa main entre ses doigts, comme pour m'en montrer la fragilité.

— Je crois que vous voyez déjà où je vais en venir, mais avançons ensemble si vous le voulez bien.

Je ne sais plus bien si je veux avancer et surtout avancer vers quoi. Que va-t-il me demander de faire ? Je n'ose pas clairement formuler dans ma tête la suite des événements. Il ne va quand même pas m'obliger à me transpercer la main avec les agrafeuses ! Ce n'est pas possible, sur une scène publique, à Paris, devant témoins, non ma crainte n'est pas rationnelle, je devrais me raisonner.

Comme pour me distraire de mes légitimes inquiétudes, il se dirige vers la table et ses agrafeuses, en prend une dans chaque main et actionne les leviers. Deux puissants claquements mécaniques retentissent.

— Les deux premières agrafeuses sont vides, proclame-t-il à l'attention de la salle.

Il les repose sur la table pour s'emparer des deux suivantes. Et, de la même manière, les fait claquer à vide avant de les replacer sur leur numéro respectif.

— Comme vous le constatez, poursuit le mentaliste, elles produisent un claquement sec et bruyant, mais ne sont pas chargées, elles ne représentent aucun danger pour le moment.

Je comprends à cet instant que la dernière partie de sa phrase contient une menace non dissimulée. Un parfum de « c'est inoffensif mais cela ne va pas durer ». Je me sens plonger dans un état d'engourdissement progressif. Prise dans des courants opposés, j'ai à la fois envie de m'échapper de ce guet-apens mais je ressens en même temps un irrépressible besoin de continuer à jouer le jeu qu'il veut que je joue. Dépassée par cette situation, je me sens de plus en plus « embarquée » dans cette expérience sans pouvoir en contrôler quoi que ce soit.

À cet instant précis, une image surgit de mon passé. Je suis une jeune adolescente et je me lance pour la première fois dans une descente en canoé sur une rivière particulièrement agitée. Pour ma première sortie, j'avais suivi un camarade bien plus âgé et expérimenté que moi. Dans le tourment de la rivière en décrue, mon embarcation rebondissait dans toutes les directions. Je vis en ce moment cette même sensation de me trouver embarquée dans une suite d'événements que je ne contrôle plus.

— Lucie, je vais charger une de ces agrafeuses avec les agrafes que voici, m'explique Maxence en me montrant une rangée d'agrafes dans le creux de sa main. Voilà je la charge et je vous demande de vérifier pour toute la salle que les agrafes que j'utilise sont bien réelles.

Il repose ensuite l'agrafeuse chargée sur la table avant de poursuivre.

— Maintenant, Lucie, je vais vous demander de

vous retourner face au public pour que je puisse les mélanger, afin que vous ne soyez plus en mesure de savoir où se trouve l'agrafeuse chargée.

Je pivote donc vers la salle et esquisse un sourire pour me donner un air décontracté. Mon projet est clairement de feindre le mode ultra confiante. Mais à l'intérieur de mon cerveau, c'est la panique, je ne contrôle plus rien. Que va-t-il me demander dans les prochaines secondes ? Il est évident maintenant qu'il est en train de dérouler le processus de la roulette russe que j'avais moi-même présenté dès mon arrivée sur scène. Je n'ose même pas imaginer sa requête suivante. Et s'il m'ordonne de prendre une agrafeuse au hasard, de la poser sur ma tempe et de tirer, je fais quoi ? Impossible d'obéir à une demande aussi folle. Mais alors, comment réagir pour ne pas passer pour une poule mouillée devant toute l'assemblée ?

Ma meilleure amie Leila, que pense-t-elle de tout cela ? Je la cherche du regard dans la salle, mais avec les spots dans les yeux, impossible de la voir distinctement. Est-elle inquiète pour moi ou ricane-t-elle comme certains spectateurs dont les gloussements arrivent jusqu'à moi ?

Après quelques instants, ou éternité, je sens la main du mentaliste toucher mon bras et je l'entends m'annoncer :

— Lucie, voilà, j'ai mélangé les agrafeuses. Il vous est maintenant impossible de savoir laquelle des quatre est chargée, n'est-ce pas ?

J'acquiesce de la tête.

— Moi, je sais laquelle contient les agrafes, proclame-t-il en ponctuant son affirmation d'un mouvement du menton entendu. Mon travail durant cette expérience va consister à influencer votre subconscient pour que vous choisissiez l'agrafeuse vide. Comme cela personne n'est blessé. Lucie, je vous demande maintenant de fermer les yeux, de vous relaxer et de prendre une grande inspiration. À partir de maintenant vous allez vous concentrer sur ma voix. Uniquement sur ma voix. Vous allez compter dans votre tête et uniquement pour vous-même de quatre à un en boucle comme ceci. Quatre, trois, deux, un, quatre, trois, deux, un.... Voilà continuez à compter en silence au rythme que vous voulez. Vous pouvez l'accélérer ou le ralentir, à votre convenance.

Quatre, trois, deux, un, quatre...

À ce stade, je sens qu'il me prend le bras et qu'il le soulève à hauteur de poitrine et je comprends qu'il dispose son pouce sur mon poignet pour me prendre le pouls. *Trois, deux, un*, je poursuis cette litanie de chiffres dans ma tête quand soudain j'entends un « stop » sonore. Puis il me demande de garder en mémoire le chiffre sur lequel je me suis arrêtée. De ne surtout pas le changer et de prendre sur la table l'agrafeuse posée sur le chiffre correspondant. Le trois en l'occurrence.

C'est quoi ce truc de dingue ?

J'ouvre les paupières et tends la main vers la table pour saisir l'agrafeuse numéro trois. Elle me paraît lourde et pas du tout inoffensive. Puis je me plonge dans le regard intense de ce type qui lève sa main paume ouverte vers moi, comme s'il voulait me saluer. Il me fusille de ses yeux verts avec un large sourire et déclare d'une voix assurée :

— Si j'ai bien fait mon travail d'influence, vous devez avoir en main une des trois agrafeuses vides.

Nous allons le savoir tout de suite. Posez l'arme sur la paume de ma main comme si vous vouliez y fixer une affiche et actionnez la gâchette.

Il me dit cela sur un ton léger, on pourrait presque croire qu'il me demande une faveur. Ma première crainte était qu'il me demande de plaquer l'outil sur ma tempe mais je comprends que c'est lui qui compte prendre les risques dans cet exercice. C'est complètement fou, mon esprit tourne à toute vitesse. Il doit bien avoir un moyen de s'assurer que l'agrafeuse que je tiens n'est pas chargée ? Ma gorge est maintenant désespérément sèche, je ressens une soudaine et irrépressible envie de boire de l'eau. Et ne voyant pas d'autre issue, je finis par actionner le levier. Le retentissement de l'arme me provoque un sursaut qui s'empare de tout mon corps et je bondis involontairement sur place. Et puis, rien ne se produit. Le mentaliste ne hurle pas, le sang ne gicle pas. Même pas un geste de recul de sa part ou une expression de douleur. L'agrafeuse numéro trois était bien vide.

Mes poumons se dégonflent d'un seul coup, comme si, j'en prends conscience en le faisant, j'avais retenu ma respiration depuis le début de cette « expérience », ainsi qu'il la nomme.

— Lucie, bravo pour ce premier choix, il était excellent, s'enthousiasme-t-il d'un ton enjoué et un rien plaisantin.

La salle applaudit à ce dénouement temporaire, assoiffés qu'ils sont tous que cela tourne mal pour moi dans quelques instants.

— Il nous reste donc trois agrafeuses en course, les numéros un, deux et quatre. Retenez bien ces numéros pour la suite.

Il y a une suite... Et moi qui je pensais être tirée d'affaire et pouvoir regagner mon siège sans m'être tournée en ridicule devant la salle.

— Lucie pour l'étape suivante vous devez garder les yeux ouverts. Prenez une grande inspiration. Maintenant je vous demande de visualiser une forme entre nous. Cette forme que vous imaginez se précise progressivement devant vos yeux et vous distinguez maintenant clairement devant vous un chiffre en 3D qui flotte dans l'espace qui nous sépare. Ce chiffre est un des trois chiffres restants. Le un, le deux ou le quatre. Visualisez ce chiffre en 3D devant vous…

Il accompagne sa demande de gestes qui sculptent le vide entre nous. Il arrive presque à dessiner, en quelques gestes la forme que je suis sensée imaginer.

— Voilà, vous l'avez ? Très bien. Ne me dites rien, ne me dévoilez pas ce que vous voyez, je vous demande juste de me montrer, avec vos mains, la place qu'il occupe devant vous.

Je lui décris avec mes deux mains un cadre rectangulaire imaginaire devant moi. Il se renfrogne et le balaye d'un geste du bras.

— Effaçons ce chiffre-là, il ne me convient pas, choisissez en un autre.

Je fais mine de réfléchir, j'avais en tête le chiffre un, je vais lui proposer le deux. Après tout il n'y a pas de raison que je lui rende la tâche trop aisée. Il se targue de compétences exceptionnelles, qu'il en fasse la preuve.

Mes mains, sans que je les commande de manière consciente, dessinent un nouveau rectangle devant moi.

— De quelle couleur est ce chiffre, Lucie ? Est-il

bleu ? Rouge ? Noir ?

Je l'imaginais noir, je m'entends prononcer « noir ».

— Parfait, ponctue-t-il d'un air satisfait et confiant. Gardez ce chiffre en tête et prenez l'agrafeuse qui lui correspond.

Une fois que j'ai saisi l'agrafeuse, Maxence attrape ma main chargée de mon arme et la guide jusqu'à sa joue. J'entends un frisson sonore parcourir la salle de spectacle. La tension est montée d'un cran.

— Allez-y, tirez ! me commande-t-il, l'agrafeuse touchant le haut de sa joue.

Je réalise à ce moment que le temps me semble passer différemment depuis que je suis montée sur cette scène. Les secondent me paraissent durer des heures. Tous mes gestes pourraient être pilotés de l'extérieur et pourtant je suis complètement consciente de ce qui se passe. Mon regard se fixe sur la rangée de fauteuils du premier rang. Le velours violet des chaises de ce théâtre n'en est pas à sa première saison mais l'effet global reste assez impressionnant. C'est un peu comme si tous ces fauteuils racontaient l'histoire de la multitude de spectateurs, qui depuis tant d'années, s'assoient ici pour transformer un moment leurs routines quotidiennes en une expérience émotionnelle. Si ces sièges avaient la parole, ils raconteraient des histoires de frottements, d'inconforts et bien sûr de rires, de frissons et de larmes. C'est cela que tout le monde vient vivre dans un théâtre. À cet instant, je sais que sur le plan des émotions et de l'inattendu, le contrat pour moi est rempli, c'est certain. Ces secondes d'hésitations que je suis en train de vivre, je m'en souviendrais longtemps. Tout est paradoxal dans ce moment précis. Je me trouve sous les feux des projecteurs et je me sens étonnamment sereine. Moi qui suis plutôt d'une nature prudente, je m'apprête à rentrer une agrafe de deux centimètres dans la joue d'un inconnu. Et je pèse le pour et le contre de la décision comme si elle était raisonnable. Je vois tout, j'entends tout ce qui se passe autour de moi. Mais c'est comme si cela se déroulait dans une sorte de brume, c'est très étrange, une forme d'état de conscience modifiée, ainsi que je le comprendrai plus tard.

— Lucie, c'est le moment d'agir, me prévient Maxence d'une voix forte et déterminée.

Un frisson remonte le long de mon échine. Mon rythme cardiaque s'accélère. Et enfin, après ce qui me semble une éternité, j'actionne la gâchette et je tire. Le même claquement sec retentit. Et toujours pas de réaction du mentaliste, pas de sang sur sa joue. Je le constate en premier lieu, puis c'est au tour de la salle de l'exprimer par des commentaires et quelques onomatopées. Je sors de l'apnée dans laquelle cette phase de concentration m'a plongée. Mon cœur se remet à battre à son rythme ordinaire. Donc tout va bien, celle-ci est également vide. Le mentalisme me jette un regard complice, me remercie, et me retire l'arme des mains. Puis sans me laisser le temps de souffler, il m'annonce qu'il ne reste plus que deux agrafeuses.

— Nous approchons de la dernière étape, me dit-il en aparté.

Puis, il reprend d'une voix plus forte, car elle est maintenant destinée à toute la salle :

— Il vous reste un choix à faire. Le choix entre le un et le quatre. C'est à vous de décider si la quatre est l'agrafeuse chargée ou non.

Mais pourquoi me parle-t-il de la quatre ? Il utilise surement une de ses techniques pour influencer mon choix. Du coup, je ne sais plus quoi faire.

— Réfléchissez bien, prenez la bonne décision et quand ce sera fait, allez chercher l'agrafeuse qui n'est pas chargée. Une fois que votre décision est prise, surtout ne changez pas d'avis, poursuit le mentaliste.

C'est la troisième fois que je m'apprête à braquer une agrafeuse à moquette sur une personne que je ne connaissais pas il y a dix minutes. Cette expérience m'a plongée dans un état très étrange que je ne me souviens pas avoir déjà éprouvé. Je ne sais plus si c'est agréable, excitant ou totalement terrifiant. Mon corps se raidit lorsqu'il me demande de viser sa carotide avec mon arme. Mais cette fois-ci, comme dans un rêve (ou un cauchemar), j'appuie sur la gâchette sans réfléchir une seconde de plus. Sans me soucier des conséquences létales que pourrait entrainer ce choix.

Après cela je ne me souviens plus de rien, et c'est Leila qui me racontera a posteriori qu'il a pris l'agrafeuse restante et qu'il l'a utilisée pour clouer un papier sur une planche, avant d'ouvrir le compartiment pour en sortir la barrette d'agrafes. Prouvant ainsi à toute la salle que cette ultime arme domestique était bien celle qui contenait les agrafes qu'il avait chargées devant moi au début de l'expérience.

Je ne me rappelle pas non plus le trajet et les pas qui m'ont ramenée à mon siège. Ni des applaudissements du public qui, très probablement, ne m'étaient pas adressés. Je venais de passer de l'ombre à la lumière en seulement quelques minutes. Était-ce la sensation éprouvée par Alice dans le terrier du lapin avant d'atteindre son pays des merveilles ? Je ne le savais pas encore mais je venais de rencontrer l'homme qui allait changer ma vie.

2

Mes parents habitent une de ces villes de banlieue parisienne sorties de terre au début des années soixante. Dès la station de RER, le ton est donné. Béton sale et humeur morose des habitants enferrés dans leur marathon quotidien pour rejoindre la capitale pourvoyeuse d'emplois. Je n'étais pas encore née quand le rêve des urbanistes de cette époque a commencé à décliner pour devenir ce que je vois se déployer devant moi. Depuis les années quatre-vingt-dix, ces banlieues jouent le rôle d'une mise en confinement à distance des classes moyennes et basses de la société. Le début de ce que l'on appelle aujourd'hui la France périphérique. Je m'élance sur les avenues et rues que je connais si bien pour les avoir parcourues avec tout ce qui roule, des rollers au VTT, hormis les trottinettes qui n'étaient pas encore à la mode à cette époque. Un centre-ville glauque et sans âme constitué d'un parking et de commerces aux enseignes fatiguées côtoyant une supérette à disposition de ceux qui, sans véhicule, ne peuvent accéder aux hypermarchés distants. Je traverse cette banlieue sans beauté et je me réjouis sans honte d'avoir échappé à mon destin social et d'habiter aujourd'hui en plein cœur de Paris.

C'est le troisième dimanche du mois et mes pas me guident, en bonne fille que je suis, vers mon déjeuner mensuel dans le pavillon qui m'a vue grandir. En guise de pavillon, c'est plutôt le manoir de la famille Adams que j'aperçois pointer au bout de la rue des cerisiers, dans laquelle j'ai couru les dix-huit premières années de ma vie. Un bâtiment principal sur trois étages avec un toit haut, sombre et pointu. Un manoir en format réduit donc, vieillot et austère, voilà à quoi ressemble la maison du docteur et de sa femme. La retraite a fait valoir ses droits depuis quelques années, mais rien ne semble avoir changé dans leur vie. Mon père, médecin généraliste, a toujours exercé son métier dans notre maison et ma mère, infirmière de formation, a consacré ses vies à l'assister. Car il ne lui a pas suffi d'une vie pour tenir son rôle. Sa vie de femmes, sa vie de mère et sa vie de soignante, toutes ces facettes unies dans leur dévouement au chef de famille. Ils s'étaient rencontrés à l'hôpital dans lequel mon père finissait ses études. Et après avoir débuté son sacerdoce en lui fournissant ses seringues, ma mère avait enchainée sur trente années de bons et loyaux services avec en cadeau, deux fils et puis, sur le tard une fille, moi.

Dès le hall d'entrée, l'odeur de détergeant et d'encaustique me plonge dans l'implacable ambiance du lieu dans lequel je suis devenue la femme que je suis aujourd'hui. Cela fait quelques années qu'aucun patient n'a plus passé cette porte, mais conformément aux ordres de mon père, la femme de ménage continue à asperger le sol de ce produit qui depuis mon enfance m'a toujours donné le sentiment d'être une étrangère dans cette maison.

« Il est indispensable de passer les parties

communes à la désinfection. Crois-moi, on ne sait jamais ce que transportent mes patients, » me rappelait mon père quand j'émettais une remarque sur l'écœurante odeur qui me sautait à la gorge dès le seuil de la porte. Comment se sentir chez soi dans cet endroit ? Petite fille hébergée dans un lieu qui vous affirme en permanence sa vraie nature, sa fonction première, sa raison d'être, celui de représenter avant tout un outil de travail bien avant de constituer un foyer. Ici on y soignait d'abord des patients. Si accessoirement on y élevait des enfants, et bien c'était un usage secondaire et toléré tant qu'il ne perturbait pas l'exercice de la sacrosainte médecine.

Le docteur, comme tout le monde l'appelle ici, n'a jamais été un homme simple et agréable.

« C'est un tempérament ton père, tu sais ! » affirme Martine, ma mère, quand elle veut le dédouaner d'une des énièmes piques ou crises de nerfs qui lui ont fait élever la voix plus que de raison. Comme si j'ignorais que mon père était « un tempérament ». Moi qui n'ai eu droit à son attention que quand j'ai formulé, au début de mon adolescence, le projet de « faire médecine ». Pour ce qui est des débordements empathiques, des embrassades et des attentions, je n'étais pas née dans la bonne famille. Aucun « je t'aime » n'avait passé les lèvres de mes parents en ma direction. En tout cas pas depuis un âge où je puis m'en souvenir. Le docteur s'était donné pour mission de soigner les corps, pas les sentiments. Pour les bobos de l'âme, nous étions priés d'aller consulter ailleurs. Alors, bien-sûr, je n'ai pas eu une enfance malheureuse. Je ne manquais de rien, en tout cas pas d'un point de vue matériel, je partais en vacances chaque année, je n'étais pas battue, ni brimée, ni quoique ce soit. Pas de quoi saisir les services sociaux. Mais au lieu des perpétuelles exigences et remarques paternelles « Applique toi, ramène les meilleures notes, tu peux mieux faire », j'aurais préféré recevoir plus de marques d'amour et d'affection. Si mes parents m'avaient encouragée et soutenue un peu plus souvent, au lieu d'exiger toujours que je fasse mieux, peut-être qu'aujourd'hui je ne ressentirais pas au fond de moi ce perpétuel manque de confiance qui me paralyse dans tant de situations.

Mon souhait de suivre la « voie royale » (comprendre, « devenir médecin comme papa ») n'avait pas engendré la réaction que j'espérais. « Si tu veux réussir dans cette vocation, car ce n'est pas un travail ma fille, mais bien une vocation sur laquelle tu t'engages, il y a trois règles d'or à connaître. Et ces trois règles, tu devras les respecter sans jamais défaillir. La première règle c'est le travail, la deuxième c'est le travail, et la troisième règle c'est… » Et là il marquait un temps d'arrêt, comme pour surligner l'importance de la chute qui ne manquait jamais de tomber : « le travail ». Combien de fois m'a-t-il assené ces « règles d'or », je ne saurais le dire. Je revois son bras droit se lever au rythme de chacune de ces affirmations et retomber fermement, dévoilant à chaque fois, avec ses doigts, le comptage précis de chaque étape. Il finissait toujours cette litanie par un sourire attestant de sa satisfaction. Dans son esprit, toutes ces vérités étaient ordonnées et classées méticuleusement, à l'instar de sa collection de disques. Ce sourire conclusif maladroit tentait sans doute de m'expliquer que tout cela « c'était pour rire ». Qu'il ne fallait pas le prendre au premier degré. En somme, de son point de vue, ce petit sketch représentait sa paternelle tentative de m'éduquer en restant drôle et léger.

La petite fille de onze ans qui assistait à ce spectacle n'atteignait jamais le deuxième ou troisième degré dans lequel il situait son humour. Gamine, je voyais juste un papa à l'expression de visage sévère, à la voix forte et agitant ses bras de manière menaçante. Il s'attendait à ce que je rie de sa plaisanterie. Je n'y parvenais pas, je devais esquisser une pauvre grimace ne sachant comment gérer ce mélange de crainte et de gêne qui m'envahissait sans que je puisse le juguler. Je voyais bien que je ne prenais pas ses paroles comme il l'aurait souhaité et il semblait déçu de ce manque de réaction appropriée de ma part. « Si elle ne comprend pas mon humour, ce doit être par manque d'intelligence », pensait-il sans doute. Le travail et l'intelligence constituent les valeurs fondamentales sur lesquelles j'ai été éduquée et qui ont arbitré toutes les étapes de mon quotidien et de mon éducation. La pertinence d'une amitié d'enfance ou d'une activité extrascolaire était toujours évaluée par mon père à l'étalon de ces critères indépassables. Mes frères de dix et quinze ans plus âgés que moi n'y avaient pas échappé non plus. Ils avaient juste géré la pression continuelle différemment. Tout d'abord en ployant dans le sens du vent et pour cela rien de mieux que de s'aligner sur la ligne du concours de première année de médecine. L'ainé dû s'y prendre à deux reprises mais sauta l'obstacle avec succès. Ce fut plus difficile pour le cadet, qui montrait plus de prédestination pour la musique et les arts en général que pour les mathématiques et la physique. Son deuxième et dernier essai le relégua en fin de classement des admissions et il dut se résigner à un destin de dentiste. Lot de consolation attribué par l'académie de médecine à ces enfants de vingt ans qui n'ont pas eu le bon gout de terminer dans les premiers de leur tranche d'âge. Son rêve d'enfant à lui ressemblait à un destin de cardiologue inventeur d'un nouveau cœur artificiel. Il s'imaginait parcourir les symposiums internationaux, auréolé de l'aura du French doctor, porteur du renouveau scientifique de sa discipline. Pour avoir raté de 0,5 point sa copie de maths, mon frère fut condamné en première instance et sans possibilité d'appel à quarante ans de caries et de détartrages. L'académie de médecine a fait usage ici encore d'une gestion arithmétique et comptable de ses forces vives. Cette gestion bureaucratique de l'accès à ce métier se marie mal, selon moi, avec la théorie de la vocation. Sacrosainte référence à laquelle se référait, le front haut, le docteur de la rue des cerisiers. Si le but de ce concours était de sélectionner ceux qui avaient cette fameuse vocation, une copie de maths et d'anatomie, apprise par cœur, constituait-elle vraiment le bon moyen ? Poser cette simple question à mon père suffisait à faire monter la tension d'un cran. Il considérait, par principe, les décisions de l'académie de médecine comme parole d'évangile.

Leurs études achevées, mes deux frères ont été recrutés pas des laboratoires pharmaceutiques, puis ont opté pour des postes à l'étranger – l'un aux États-Unis, l'autre aux Pays-Bas – évitant ainsi de pratiquer ce métier de soignant pour lequel ils avaient été formés mais qu'ils n'aimaient pas. Plutôt que de vocation, c'est d'obéissance envers leur père dont ils avaient fait preuve. Et de cela non plus, le docteur ne voulait pas débattre. Ils avaient rempli leur contrat, eux ! Alors que moi, il en avait été tout autrement. A dix-sept ans, ma brève vocation médicale n'avait pas survécu à mes envies d'émancipation de la pensée unique familiale et c'est la lecture d'un bouquin de Steve jobs qui m'a convertie au digital. « Restez affamé, restez fou » me conseillait-il. Enfin quelqu'un (qui avait réussi) et qui me parlait un langage que je voulais entendre. Cela me changeait des trois lois du docteur, sans compter que le fondateur d'Apple, côté réussite professionnelle, se classait plutôt dans les premiers de la classe. Enfant, il avait été adopté par un couple d'Américains aisés qui s'était engagé auprès de sa mère biologique à payer à Steve ses études de droit. Les parents adoptifs se sont conformés à leur promesse, mais c'était sans compter le tempérament du jeune Steve. Il a tout envoyé balader pour tracer son propre chemin. Il se découvre une passion pour l'art de la calligraphie et intègre une école dédiée à cette discipline sans rien en dire à ses parents. Pour payer ses frais de scolarité, il va collecter des canettes en aciers abandonnées dans la rue et les revendre au kilo. Cette vie m'a semblé tellement éloignée de l'image glamour que j'avais de la réussite à l'américaine que j'en suis restée impressionnée jusqu'à aujourd'hui. Il expliquera plus tard que c'est au cours de ce cycle d'études calligraphique qu'est née l'idée des polices de caractères Macintosh qui ont révolutionné la bureautique en son temps.

Dès la fin du lycée, je savais que je ne serais donc pas médecin comme papa. La capacité d'écoute et d'observation des autres et de sa fille en particulier n'étant pas son principal point fort, il n'a pas compris tout de suite la pente sur laquelle je glissais pas à pas. Une pente qui m'éloignait inéluctablement des études de médecine, des trois lois paternelles et de la rue des cerisiers. Il a fallu que je lui mette les points sur les « i » lors d'un de nos déjeuners familiaux. La colère peut prendre différentes formes. Chez lui, elle s'est exprimée sous les traits de l'incompréhension et du sarcasme. « Tu veux travailler dans l'informatique, mais tu n'es pas ingénieur ma pauvre fille. Ce n'est pas avec tes notes en maths que tu peux espérer percer dans ce secteur… »

À partir de ce moment, j'ai bien senti que de son côté quelque chose s'était brisé entre nous. Il ne ferait pas le chemin vers moi pour comprendre mes rêves, mes attentes, mes besoins. Non, visiblement cela n'en valait pas la peine. Et comme l'essentiel des relations qu'il tisse autour de lui est lié au travail et à la relation médicale, nos vies se sont peu à peu dissociées. Les projections d'avenir qu'il percevait pour moi ayant dérivé du plan qu'il avait échafaudé, il a simplement décidé de ne plus s'intéresser à mon présent. Il n'était déjà plus mon médecin traitant depuis quelque temps quand j'ai constaté qu'il devenait de moins en moins mon père.

La dureté des propos sur mon coming out de vocation professionnelle a laissé place à une forme d'indifférence hautaine qui me provoque bien plus de souffrances. Et quand nos conversations dominicales se rapprochent des sujets à haut risque, ma mère tente de faire retomber la pression sans prendre parti pour autant d'un côté ou de l'autre. Et je l'en remercie, consciente de l'incompréhension et de l'inquiétude dans laquelle doit la plonger l'étrangeté de mes choix. Elle qui n'a connu que ses études d'infirmière, un passage à l'hôpital et la rue des cerisiers comme unique horizon personnel et professionnel.

Depuis mon évasion du nid familial dix ans plus tôt, j'ai présenté les mecs au meilleur pedigree dans l'espoir de combler cette distance. Mon niveau de réussite fut assez variable, je l'avoue. Aujourd'hui, avec un métier qu'ils ne comprennent pas et une absence chronique de mec en CDD sentimental de plus de trois mois, les déjeuners du troisième dimanche du mois ne sont pas les moments les plus épanouissants de ma vie.

— Tu ne nous as pas dit ce que tu pensais du blog de ton père Lucie ? demande ma mère en posant le plateau de fromages au milieu de la table.

Elle possède ce don de poser les questions embarrassantes auxquelles je n'ai pas envie de répondre. Depuis le début de sa retraite, le docteur a décidé que la révolution d'internet ne se ferait pas sans lui. Malgré un bon quart de siècle de retard, c'est avec la conviction du pionnier posant le pied sur un nouveau continent qu'il a fomenté le projet de rétablir certaines vérités sur notre société et la bonne marche du monde.

— Lucie, éclaire-moi ! m'interpelle mon géniteur. Comment expliques-tu que mes articles soient si peu lus ?

— Tu as tes abonnés à ton blog, et ils sont plutôt fidèles il me semble non ? avancé-je prudemment.

— Oui, certes, mais mon projet consiste à toucher une audience bien plus large. C'est ton métier non, ce genre de chose ? me lance-t-il avec une pointe de défi dans la voix.

— Tu sais papa, sur internet la qualité d'un texte compte beaucoup certes. Mais ce qui va faire la différence réside surtout dans tes relais. Tes lecteurs jouent un rôle de représentants de commerce. Ils doivent lire et faire savoir que ton article a de la valeur, pour attirer d'autres lecteurs qui vont à leur tour en porter la promotion. Cet effet boule de neige produira la spirale vertueuse que tu attends.

Il m'a laissée terminer mon argumentation, ce qui doit signifier qu'il n'a peut-être pas bien compris ce que je lui expliquais.

— C'est donc bien ce que je pensais, rétorque-t-il. Il faut plaire au plus grand nombre pour percer sur cet internet. Cela ne m'étonne pas que tout ce que je lis à longueur de page ne soit que bêtise, vulgarité et tout cela dans une orthographe de cours maternelle.

À ce stade de notre discussion, je sais qu'il n'est pas utile de tenter de le faire changer d'opinion. Les revers qu'il subit en ligne me confortent dans mon sentiment qu'il aurait beaucoup mieux fait de se lancer dans la culture d'un potager plutôt que dans la conception d'un blog. Avec un potager de fruits et légumes, il aurait eu la satisfaction de distribuer ses tomates à ses enfants et petits-enfants. Les ados de mes frères ne sont d'ailleurs pas plus fans que moi des publications de mon père, ce qu'il ne manque jamais de pointer avec amertume au cours des grandes réunions de fin d'année.

Je m'éclipse du manoir familial en milieu d'après-midi avec le désagréable sentiment de ne pas avoir réussi à communiquer avec mes parents. Dominée par cette impression d'avoir joué encore une fois la même scène. Mes dimanches au manoir ressemblent à ce film que j'ai adoré « Un jour sans fin » dans lequel l'acteur se réveille tous les matins pour vivre en boucle la même journée. Chaque passage chez mes parents ressemble au précédent. Ce mélange de tension, d'incompréhension et de critiques voilées me pèse de plus en plus. Quand arriverai-je à stopper ce perpétuel recommencement ? J'aimerais tant que nos relations reposent sur plus de spontanéité et de sincérité. J'aimerais tant que nous parvenions enfin à nous comprendre.

3

Si cela ne tenait qu'à moi, je renommerais volontiers le petit déjeuner. Le grand éveil conviendrait mieux à ce moment où, mon mug à la main, je laisse doucement mes pensées sortir de l'engourdissement de la nuit. Cet instant de paix et de reprise de contact progressif avec le monde réel constitue, je l'ai remarqué, le moment de la journée où je suis presque la plus créative. Un espace en apesanteur avant la course dans les transports en commun. Même la pause déjeuner se résume essentiellement à une suite de gestes machinaux effectués plus ou moins en mode automatique. Mais mon petit déjeuner, c'est mon moment privilégié. Et là soudain, cela devient évident, il faut que je me prenne en main pour changer certaines choses dans ma vie.

Je jette un coup d'œil dans le miroir qui trône au milieu de mon salon. Je ne suis pas trop mal avec mon mètre soixante-dix, mes yeux verts et mon menton pointu que mon père avait l'habitude de pincer affectueusement en m'appelant sa petite fouine quand il me prenait en flagrant délit d'observation des allées et venues dans le jardin des voisins. Je lui concède volontiers cette vérité-là, j'accepte ce trait de caractère et cette référence tendre à ce mammifère inoffensif.

Dans quelques mois, je franchirai la barre des trente ans, il est donc temps de passer certains caps, c'est en tout cas ce que m'affirment magazines féminins et réseaux sociaux. En commençant par cette foutue confiance en moi dont j'aurais besoin dans de nombreuses situations de ma vie. Confiance en moi, parler en public, tenir tête au responsable marketing, ne plus rougir comme un pot de tarama quand il me regarde avec son air supérieur…

Les images du spectacle de mentalisme auquel j'ai

participé la semaine dernière me reviennent en mémoire. Je me rends compte aujourd'hui, que ce passage de l'autre côté du miroir m'a marquée. Je réalise a posteriori que je me suis trouvée dans une situation où, bien qu'exposée au regard des autres, les choses se sont plutôt bien déroulées. Moi qui tremble chaque fois que je dois m'exprimer devant plus de dix personnes, j'ai affronté un public d'une centaine de personnes et je m'en suis plutôt bien sortie. Très bien même, si j'en crois Leila. Un véritable miracle si je m'en réfère à mes antécédents dans ce registre. Face aux occasions de me mettre en valeur, je possède un vrai CV de serial killeuse : je les détruis les unes après les autres. Une succession de paniques devant les tableaux noirs de mon école. Une ribambelle d'opportunités manquées. De multiples situations de prises de parole soigneusement étouffées dans l'œuf. Le tout associé aux fines stratégies d'évitement mises en place pour me ménager une porte de sortie en toutes circonstances dangereuses. Mais ces années de discrétion, je le sais, pèsent sur ma conscience. Comme un criminel poursuivi durant de longues années par la culpabilité de son crime. Je porte sur les épaules le poids de mes évitements. Parfois, j'imagine accroché à mes épaules un sac à dos rempli de remords. Et quand, dans mes périodes d'introspection, je fouille dans ce sac, j'y trouve aussi frustration et consternation.

Mais la semaine dernière, dans cette salle de spectacle, plus de sac, plus de porte de sortie. Je me suis sentie légère, libre, quelle sensation terriblement nouvelle et excitante. Le mérite en revient forcément à celui qui orchestrait et pilotait ce moment. Maxence a réussi à déclencher chez moi quelque chose de nouveau que je ne connaissais pas. Comment est-ce possible ? Et surtout, il surgit une autre question à laquelle je rêve d'obtenir une réponse positive. Cette aisance, ce sentiment de confort face aux autres est-il reproductible ? Et si ce qu'il me faut, c'est aller chercher à la source le sérum de confiance et de courage qui a couru dans mes veines le temps de cette représentation ?

Voilà ce dont j'ai besoin, une piqure de sérum mentalistique pour reprendre le dessus. Ce monsieur

Maxence doit avoir des secrets à me communiquer. Il me faut trouver un moyen de le revoir. Et qui ne tente rien n'a rien, comme disait ma grand-mère.

Et si je le contactais là maintenant ? J'attrape ma tablette qui traine toujours sur la table de mon living. Je googlise le monsieur, tombe sur son site de mentaliste et clique sur le lien contact. Ma surprise est grande à la lecture de ce qui s'affiche sur mon écran. « Je ne lis ni ne réponds à aucun email. Pour me contacter, je vous invite à m'envoyer un courrier manuscrit à l'adresse suivante ». Suit une boite postale dans le 17e arrondissement de Paris.

Très surprenant, cet homme ne semble pas avoir été informé que nous avons tiré le rideau sur les années quatre-vingt il y a plusieurs décennies. Incroyable, qui demande une telle chose aujourd'hui ? Pourquoi diable cette requête d'un autre âge ? Cela me semble tellement old school, mais j'avoue que cela excite également ma curiosité. Qu'à cela ne tienne, je décide de relever le défi et de lui écrire une lettre sur le champ. Je fouille dans mon armoire qui contient mes documents administratifs pour dénicher une enveloppe, une feuille A4 et mon vieux stylo plume que je n'ai pas utilisé depuis des lustres. Après quelques tentatives qui démontrent que même si les cartouches d'encre n'affichent pas de date de péremption, leur usage n'en est pas pour autant illimité dans le temps, j'abandonne à regret mon stylo plume fétiche pour un stylo bille plus récent et je me lance.

Cher Maxence,

J'ai assisté à l'un de vos spectacles récents. Vous m'avez invitée à monter sur scène pour « l'expérience de la roulette russe ». Je ne vais pas vous mentir en vous disant que j'ai immédiatement sauté de joie à la pensée de me ridiculiser devant une salle entière de gens que je ne connais pas. Mais passons directement à la raison qui me pousse à vous écrire.

Voilà, je ne sais pas comment vous avez fait ni quelles techniques vous avez employées, mais les moments que j'ai passés sur scène avec vous m'ont semblé comment dire... exceptionnels. Je n'étais plus vraiment moi-même, je me sentais confiante, sûre de moi, courageuse, différente quoi.

Et cette assurance, cette présence, j'en aurais terriblement besoin dans de nombreux registres de ma vie.

Alors ma question est simple. Pouvez-vous m'aider ? Faites-vous des consultations privées ?

Ma demande vous paraîtra peut-être incongrue, mais elle est sincère.

Lucie.

4

— Je constate une fois de plus que le lundi n'est pas ton jour préféré de la semaine, lancé-je en direction de Romain.

J'aime bien chambrer mon petit sosie de Mark Zuckerberg. Comme l'original, affublé d'une collection de T-shirts quasiment tous identiques, il peaufine son look de geek à coup de montre connectée et de poster Marvel ornant fièrement sur le mur de son espace réservé.

Il me jette un œil hagard par-dessus son écran.

— M'en parle pas, ce week-end, c'était grandeur nature avec ma team post apo. On s'est déchiré sur un set de dix-neuf heures d'affilée. Suis dead.

Avoir passé la barre de la trentaine n'a pas ralenti

sa passion pour le jeu sous toutes ces formes. Avec le temps, j'ai appris à décoder le charabia de mon cher collègue et voisin de bureau. Il a consacré son week-end à un jeu de rôle grandeur nature. Je ne savais pas que ce genre de trucs existaient avant qu'il ne m'en parle. Ces événements peuvent rassembler jusqu'à cent personnes. En gros, il s'agit de réunir plusieurs équipes de trois à six joueurs, souvent déguisés, qui vont, selon les règles d'un scénario établi à l'avance, vivre une intrigue mise en scène comme au cinéma. Ces événements demandent une longue préparation et une logistique digne du tournage d'un film. Les aficionados du jeu de rôle grandeur nature n'hésitent pas à passer les frontières de leur pays pour se livrer à leur passion. Tout cela dans un univers post apocalyptique dans le cas que me décrit Romain. Genre fin du monde, pandémie létale, apocalypse nucléaire… Enfin toutes ces joyeuses choses qui pourraient transformer notre planète bien aimée en un univers à la Mad Max. La partie n'a pas dû être de tout repos. D'où les valises qu'il a du mal à dissimuler ce matin. Au moins quand il joue à ça, il ne reste pas devant son écran, me dis-je toute emplie d'une affection sincère.

— Romain, j'ai un truc à te demander.

— Tout ouïe, je suis.

— C'est au sujet de l'équipe du projet technique pilotée par Arthur.

— Houla, quand tu commences comme ça, je me dis que cela ne va pas être simple.

— Je ne te le fais pas dire. Je suis à bout du rouleau, je ne sais plus quoi faire. Je crois que je vais lui coller un coup de boule, ou lui péter les genoux. C'est la guerre ! m'exclamé-je d'un ton exaspéré.

— Personne, par la guerre, ne devient grand.

Bien que le portrait géant de maitre Yoda ne trône plus au-dessus de lui dans l'open space depuis quelques mois, certaines traces sont restées bien présentes. Romain parle en respectant la syntaxe du célèbre Jedi et cite son maitre dès qu'il en a l'occasion. C'est souvent drôle mais parfois énervant. Ce garçon ne peut-il jamais prendre un sujet au sérieux ?

— Range tes oreilles pointues, petit homme vert,

je ne rigole pas, là. Honnêtement, je suis à deux doigts de claquer ma dem. Impossible de parler avec cet Arthur. Il est braqué dans ces certitudes, à brandir des sermons dans le style. « Nous avons toujours procédé comme cela ici ». « Il n'y a aucune raison pour que cela change ». Et comme tu le sais, ma mission c'est la transformation digitale de la boite. Tu imagines contre quoi je me cogne la tête…

Je pousse un soupir désespéré. Mes relations difficiles avec Arthur, le responsable marketing, me pourrissent la vie. Ce type est insupportable et il semble s'acharner sur moi à coup de remarques blessantes et désagréables. Romain me regarde pensivement puis m'annonce :

— Les genoux d'abord.

— Hein ?

— Oui, commence par frapper au niveau des genoux, m'explique-t-il en accompagnant ses mots d'un geste de la main pour m'aider à visualiser la scène. Ensuite, il sera à la bonne hauteur pour le coup de boule que tu enchaînes juste après.

Je ne peux retenir un éclat de rire libérateur. C'est

vrai qu'il est drôle mon Romain, me dis-je en tournant les talons sans dissimuler le grand sourire accroché à mon visage. OK il est super drôle, mais ce n'est pas vraiment le coach en relations humaines dont j'ai besoin pour m'aider à affronter l'horrible et terrifiant Arthur. Je plonge la main dans mon sac pour y attraper ma carte magnétique avec la ferme intention d'aller m'offrir un café quand mes doigts rentrent en contact avec un objet inattendu. Je fouille plus attentivement et je sors une enveloppe de petit format et plutôt épaisse. Ces enveloppes en papier de qualité que l'on n'utilise plus que pour les faire-part de mariage. J'avais complètement oublié avoir fourré ce courrier à la va-vite dans mon sac ce matin, après ouverture de ma boite aux lettres en sortant de chez moi, persuadée qu'il s'agissait d'un énième courrier d'une agence immobilière m'assurant qu'ils étaient les mieux placés pour vendre l'appartement dont je n'étais de toute façon pas propriétaire. Une observation plus soutenue me montre qu'il ne doit pas s'agir de cela. Mes nom et adresse écrits à la main révèlent une écriture précise et délicate, quoiqu'affirmée. Mais qui envoie encore des lettres à notre époque ? Un coin de mon cerveau se souvient d'avoir posté en fin de semaine précédente un courrier également écrit à la main. Je décachète l'enveloppe, pressée d'en découvrir le contenu.

Chère Lucie,

Pour vous remercier de votre brillante participation à mon spectacle, j'ai le plaisir de vous offrir ces deux places pour la première date parisienne de ma nouvelle tournée.

Je me réjouis déjà de vous faire de nouveau monter sur scène !

Mentalement vôtre,

Maxence.

Et pliés avec ce petit mot, je trouve deux billets du nouveau spectacle de Maxence intitulé : « Au-delà du Mentalisme, Maxence présente la Méta-déduction »

« Je me réjouis déjà de vous faire de nouveau monter sur scène. » Monter sur scène ! Quoi, encore ! Les images, les sons, l'odeur même de cette salle me reviennent subitement sans que je puisse le contrôler. Je suis debout à côté de mon bureau, mais je me ressens dans ce théâtre, sur cette scène. Comme dédoublée et confuse, je me retrouve projetée deux semaines en arrière. La voix de cet homme de spectacle me guide et je me sens complètement sous son influence. Et pourtant tout à fait libre en même temps. Je pourrais descendre de cette scène quand je le veux. Si je le veux, je peux le faire, j'en suis certaine, mais je ne le veux pas. Rien ne m'oblige à jouer le jeu qu'il me demande de jouer. Et si je prends cette agrafeuse, c'est mon choix, c'est bien mon choix, juste mon choix…

— C'est votre choix Lucie, plus vous réfléchissez à quelle agrafeuse choisir, plus l'évidence s'impose à vous simplement.

Une voix combinant bienveillance et fermeté vient de prendre place dans ma tête. C'est celle de

Maxence.

— C'est le moment d'agir, oui, exactement comme cela, maintenant appuyez sur la gâchette…

Un claquement sec et sonore me provoque un sursaut, c'est le capot de la photocopieuse qui vient de se rabattre bruyamment et me sort de cet état de rêvasserie dans lequel j'étais tombée. La lettre et les billets encore serrés dans ma main gauche et le poing de la main droite crispé sur cette agrafeuse imaginaire.

Est-ce que j'ai vraiment envie de revivre cette expérience ? Je m'entends marmonner « Oui, c'est clair, j'ai envie de revivre ce truc ». Je dois être un peu folle, et un brin maso de surcroit. Parce que, si je me souviens bien, je n'en menais pas large quand j'ai escaladé les marches pour atteindre la scène et la lumière crue des projecteurs. Et pourtant la discussion d'après spectacle avec Leila m'avait donné un point de vue bien différent du mien.

— Tu as trop assuré ! m'avait dit-elle en introduction.

— Assuré… Tu plaisantes là ?

— Non, vraiment, je suis sincère. Moi je retenais

mon souffle et j'étais bien contente de ne pas être à ta place. Mais toi, je te jure, tu rayonnais.

J'avoue avoir été surprise de ce feed-back élogieux alors que vu de ma fenêtre, tout était plus flou. Un mélange paradoxal de stress et d'exaltation. Toutes les minutes passées sur cette scène en face de se public inconnu et intimidant se sont déroulées comme hors du temps. Et si sur cette scène, à ce moment particulier, j'avais vécu un état d'esprit me permettant d'accéder à la meilleure version de moi-même ? Une version plus confiante, plus sûre d'elle ?

5

Depuis qu'Arthur, notre bien aimé responsable marketing, m'a booké sur mon agenda électronique cette nouvelle réunion du lundi matin de dix heures à onze heures trente, mes dimanches ont changé de saveur. Avant cela, mais ça c'était avant, ils étaient constitués d'espaces de détente, de flâneries et de légèreté. Depuis ce changement, mon planning affiche en couleur violette ces trois lettres en majuscule : MMM. Il adore utiliser cet acronyme anglo-saxon pour Monday Morning Meeting, plutôt que réunion du lundi matin qui fleure un peu trop la campagne française à son goût. C'est sa manière à lui de nous informer que cette réunion se déroulera dans l'esprit de la côte est des États-Unis – car c'est dans la ville de New York que trône le quartier général de notre maison mère – et qu'il ne compte pas nous accueillir avec des croissants chauds mais plutôt des tableaux croisés dynamiques sous Excel.

Mon esprit tourne donc en boucle dès le réveil dominical. Comment va se passer la réunion de demain matin ? Vais-je me faire épingler par une des remarques cinglantes dont il a le secret ? Ce type possède un don pour mettre le doigt sur la moindre de nos faiblesses. On lui connaît une sorte de super pouvoir pour repérer la faille dans chaque présentation et appuyer dessus jusqu'à ce que son auteur se sente mal. Et avec moi, il manque rarement sa cible. Il a repéré mon côté bonne élève qui cherche toujours à fournir de l'excellent travail. Et ce qui ne lui a certainement pas échappé, c'est mon perpétuel manque de confiance en moi. Je doute souvent de ma capacité à rendre ma copie en temps et en heure. Mon esprit n'est jamais en repos quand il s'agit de se soucier de la meilleure manière de faire les choses. Petite déjà, j'étais soucieuse de rapporter de bonnes notes à la maison. Et rien ne me comblait plus de plaisir que les félicitations de mes parents sur mes résultats scolaires. Combien de fois je me suis plainte de ce trait de caractère que j'ai souvent regardé comme une faiblesse. Trop en demande de compliments, sans aller jusqu'à la mendicité, je me suis souvent retrouvée dans le rôle de celle qui tend la main.

— Salut Lucie, tu vas bien ? me lance un collègue dont je ne parviens pas à me rappeler le prénom.

— Comme un lundi, répliqué-je avec un sourire du genre deuxième degré.

Alors qu'au fond de moi, je suis complètement premier degré. Je ne me lasse pas de cette blague éculée, surtout un lundi matin, trente minutes avant la réunion. J'ai réussi au cours des derniers mois à développer un certain nombre de « stratégies d'évitement », comme les avait nommées ma psy courte durée. L'une d'elles consiste à caler mes rendez-vous médicaux le lundi matin. J'utilise aussi bien sûr les astuces que tout le monde pratique, de la gastro foudroyante qui vous attrape par surprise à la classique intoxication alimentaire. Mais l'évitement a ses limites et il faut bien dire que ma conscience professionnelle me travaillant au corps régulièrement, je n'abuse pas tant que cela de ces petits stratagèmes.

Donc, nous revoilà sur le champ de bataille, c'est lundi il est neuf heures trente et après avoir consulté mes emails, refait le tour de mon fil d'actualité sur mon réseau social préféré, je repasse une énième fois en revue mon compte rendu qui me servira de support pour ma prise de parole du jour. Je me lève, soulevée par une force qui ne m'appartient pas et qui me dit « Ma fille, c'est le moment d'aller fumer une cigarette en bas de la tour, va prendre l'air, cela te détendra. » Je parcours les couloirs de mon étage tête baissée, m'engouffre dans une des batteries d'ascenseurs et passe du trente-troisième étage au rez-de-chaussée en un clin d'œil. Une fois dehors, le vent me tombe dessus en rafale. Dans ma précipitation, je n'ai pas pris ma veste, mais j'ai mon portable, qui lui ne me quitte jamais. Bon, si le vent ne se calme pas, ce n'est pas lui qui m'évitera d'attraper froid et de tomber malade. J'allume ma cigarette en mode automatique, je consulte les différentes notifications sur mon téléphone, je note dans mon agenda « envoyer des fleurs à maman pour son anniversaire ». Et puis l'écran du smartphone affiche neuf heures cinquante, plus moyen de reculer, il faut y aller.

Dès l'entrée dans la salle de réunion, je sais que le compte à rebours commence et qu'à partir de cet instant, on se rapproche inéluctablement du moment où je vais devoir prendre la parole devant tout le monde. Aujourd'hui nous sommes six, plus Arthur bien entendu. Il arrive le dernier, portable collé à l'oreille. Il termine une conversation qu'il estime visiblement plus importante que notre présence, mais au moins il est à l'heure, songé-je.

En l'observant du coin de l'œil, je reconstitue le pedigree du monsieur. Nous avons affaire à un spécimen mâle d'un mètre soixante-et-onze, ses yeux bleu clair et sa mâchoire carrée lui donnent une allure de héros de série américaine. Il nous a précisé sa taille lors d'un « afterwork » réunissant toute l'équipe. Une jeune collègue lui avait lancé qu'elle était folle amoureuse de Tom Cruise, car « on peut mesurer un mètre soixante-dix et avoir un charme fou ». Sans même relever le compliment presque racoleur que cette affirmation contenait, il s'était empressé de corriger avec un ton que je qualifierais de professoral : « Je mesure un mètre soixante-et-onze, Tom Cruise n'a qu'à bien se tenir », puis il était parti dans un petit ricanement de l'homme satisfait de sa blague. Personne ne l'avait suivi dans cette bonne humeur sarcastique.

Alors, ne nous égarons pas, ce n'est pas un croisement de Bradley Cooper et de Robert Pattinson. Après une bonne observation, ce serait plutôt un Harry Potter piqué à la testostérone. Car la passion d'Arthur, c'est la musculation. Mon hypothèse est qu'il a souhaité compenser sa taille moyenne par des épaules extra larges et des triceps en acier. À trente ans, il a de l'ambition et ne le cache pas. Et ça, j'avoue que cela m'exaspère.

Arthur a compris très tôt que tous les coups sont permis pour atteindre son objectif et qu'il ne serait pas jugé que sur ses résultats mais aussi sur ses « soft skills ». Il nous avait fait un brief d'une demi-journée là-dessus. Si littéralement « soft skills » signifie compétences douces, en opposition aux compétences dures (les vraies, les solides), il avait préféré éluder cette traduction dans sa présentation PowerPoint. Les compétences douces ne font sans doute pas assez « East Cost » (comprenez côte est des États-Unis bien sûr). Il n'avait donc pas jugé nécessaire de traduire cette expression provenant directement de notre siège. Mais nous avions fini par comprendre où il voulait en venir. Selon la théorie qu'il nous a présentée, pour réussir professionnellement il ne suffisait pas de remplir des objectifs tangibles et quantifiables, il fallait le faire savoir. Apprendre à valoriser nos réalisations. C'est grâce à cela, nous avait-il confié, qu'il était parvenu au poste qu'il occupait aujourd'hui. Ah bon, je pensais que c'était d'abord en écrasant tous ceux qui se trouvaient sur son chemin, m'étais-je dit in petto. Et il nous enjoignait d'appliquer cette même recette et de suivre son exemple.

Chez nous l'importance hiérarchique est

directement liée à l'altitude. Je l'imagine calculer tous ces choix en fonction de leur capacité à le rapprocher de l'étage supérieur de l'immeuble. Dans notre tour de trente-cinq étages, il lui reste deux étages à grimper. Et il semble s'entrainer à cette ascension avec le sérieux d'un alpiniste himalayen multirécidiviste. Et comme pour se préparer à cette future escalade, il a déjà aménagé son espace de travail en reprenant les codes du manager à la sauce américaine. Bien en évidence sur son bureau trône la photo de sa femme et de ses deux filles. Pour faire bonne mesure, il gare sa Harley-Davidson dans le parking souterrain de notre tour.

Convaincu que la réussite est avant tout un état d'esprit, il nous gratifie ce matin de son impeccable sourire dents blanches dont il a le secret.

— Regarde, il nous refait le Bradley n°5, ironisé-je avec un clin d'œil discret à destination de Romain.

Allusion à la bibliothèque de sourires que j'ai constituée de mon beau gosse ultime, j'avoue avoir plus qu'un faible pour ce monsieur Cooper. Un petit carnet de notes trainant à côté de mon canapé recèle, entre autres, les sept sourires officiels et irrésistibles du grand, du beau de l'indépassable Bradley… Donc à cet instant précis Arthur vient de nous servir le sourire le plus carnassier du beau gosse d'Hollywood.

6

Il me faut de l'air, et surtout j'éprouve l'urgence physique de quitter cet endroit. Après cette réunion du lundi matin, je sens monter en moi le besoin de vagabonder de magasin en magasin dans l'immense galerie marchande située à quelques enjambées du bas de ma tour. Cela me semble la meilleure option pour mettre à profit cette fin de matinée et me changer les idées. Lécher les vitrines me fera le plus grand bien. Une fois passées les impressionnantes portes tournantes de ma tour, je me laisse submerger par la douceur de l'air de cette belle journée. Même si la végétation est rare ici, je sens comme un parfum doux et sucré. Je m'engouffre dans la galerie commerçante, une notification sonore provenant de mon sac attire mon attention.

< *T'es où ?*>

< *J'ai craqué, suis sortie me faire la totale* >

< *La totale... Tu veux dire Shopping, coiffeur et gaufre ? C'est ouf...*>

Trop mignon le Romain, il me connaît bien le garçon. Il sait que dans ces moments de stress, j'ai besoin de me sortir le boulot de la tête. Alors pour cela, mes errances passées m'ont permis d'élaborer une recette gagnante. Je téléphone à Sandra, ma coiffeuse préférée pour caler un rendez-vous rapide. À ma grande joie, elle me libère un créneau trente minutes plus tard. Ma thérapie antistress est donc lancée. Objectif suivant, engouffrer ma gaufre préférée dans mon salon de thé fétiche. Je n'ai aucune peine à m'y rendre, tant le chemin est balisé par une odeur irrésistible dès l'arrivée en haut de l'escalator. Le salon est peuplé de clients qui recherchent dans ce lieu une oasis de paix en forme de crème pâtissière et de nappage au chocolat. La plupart consacrent comme moi leur attention à la contemplation de leur écran de téléphone. Je remarque un jeune adulte si absorbé par le jeu accaparant sa main droite qu'il ne voit pas la glace couler de sa coupe sur son pantalon. Je ris discrètement, cette situation ressemble beaucoup aux vidéos absurdes pullulant sur le net, consacrées aux mésaventures d'inconnus.

Puis, soudain, le temps stoppe sa course, mes yeux s'arrondissent, un large sourire illumine mon visage, un serveur se dirige vers moi, porteur de ma gourmandise préférée. Au regard de la fréquence de mes visites dans cet établissement, ils pourraient la mettre au menu sous le nom « Le caprice de Lucie ». L'objet de tous mes fantasmes atterrit enfin devant moi, c'est une magnifique et généreuse gaufre nappée d'un chocolat liquide amer dont ils ont le secret ici et agrémentée bien sûr d'une volute de chantilly. La dixième merveille du monde au dernier classement officiel du Lucie's Guinness book. Selon une hiérarchisation toute personnelle, j'avais ajouté aux sept merveilles du monde antique la tarte Tatin de ma tante Camille et la tartiflette de ma copine Juliette. Au moment de déguster ma première bouchée, je me félicite intérieurement d'avoir pris cette bonne décision. Je suis bien mieux ici que devant mes emails au bureau. La dernière bouchée dévorée, je me sens en toute objectivité au paradis des Lucies. Avant même d'avoir terminé ma dégustation, je dégaine mon téléphone et rajoute un commentaire cinq étoiles sur la page du salon de thé.

Dix minutes plus tard, je rentre dans le salon de coiffure. Sandra m'accueille avec son sourire habituel. Un massage et un rattrapage de mes pointes plus tard, j'attaque la dernière partie de mon programme de détente compulsif, le magasinage, comme dirait Romain quand il prend l'accent québécois. Et à partir de là, la règle consiste à se laisser porter par l'inspiration. Je flotte dans la galerie comme un oiseau de proie planant au-dessus de la plaine. Je consulte une de mes applis préférées que j'utilise intensivement depuis le mois dernier. Elle me guide droit vers les enseignes vendant les produits que j'ai likés sur mon Instagram. J'adore ces applis qui facilitent mon shopping, fini les errances stériles. Maintenant quand je cherche, je trouve. Une paire de chaussures retient mon attention et je suis prête à fondre dessus. Ce petit haut charmant que j'ai déjà repéré dans un magazine, me ferait-il de l'œil ? Serait-ce aujourd'hui qu'il succombe à « Lucie chasseuse de bonnes affaires » ? Tel le trappeur au fond de la steppe canadienne, je traque la proie qui finira dans ma garde-robe. Au détour d'une allée commerciale flotte dans l'air un parfum qui m'évoque quelque chose de connu. Un parfum qui diffère des fragrances classiques. Cela ressemble plus à une senteur qui s'attacherait à un lieu plutôt qu'à un homme ou une femme en particulier. C'est peut-être une des enseignes de fringues du centre commercial qui diffuse cela. Un magazine consulté dans la salle d'attente de mon dentiste m'avait éclairé sur ces pratiques. Ils appellent cela le marketing olfactif. On n'arrête pas le progrès, comme disait ma grand-mère. Il s'agit en somme de répandre, autour du point de vente, des odeurs qui vont attirer les clients en les « hameçonnant » (c'est le terme employé dans l'article). Le mot m'avait choquée. Je m'imaginais comme les gardons que mon père sortait de la rivière dans laquelle il aimait tant passer ses heures matinales. Je savais qu'il les sortait de l'eau avec le respect et le professionnalisme du pêcheur expérimenté. Il m'assurait qu'ils ne souffraient pas, à moi, petite fille effarée par ce spectacle que j'avais toujours trouvé cruel. Et ce ne sont pas les séances de pêches que j'ai pu vivre à l'âge adulte qui m'ont départie de ce sentiment de gêne face à la souffrance présumée de ces animaux placides et sans défense.

À cet instant, dans cette grande galerie commerciale, je réalise une chose nouvelle. Une réalité que je n'avais jamais regardée sous cet angle. Dans mes sorties shopping, je me pensais chasseuse de bonnes affaires. N'étais-je pas plutôt du côté du gibier dans cette aventure urbaine là ? Je me voyais chasseuse, je ne suis peut-être que le poisson à hameçonner. Je parcours les enseignes, les lumières étincelantes, les photos de femmes parfaites qui me chantent la chanson du bonheur au conditionnel. « Si, comme moi tu adoptes cette crème merveilleuse alors, et à cette condition seulement, tu resteras jeune et séduisante ». « Si tu te décides à acheter ce nouveau téléphone, alors, ton expérience de surf sera encore plus agréable ». Si, si, si, les mots magiques qui ne sont jamais prononcés sont pourtant intensément suggérés. « Si tu veux ressembler à cette femme, si tu veux intégrer ce groupe de gens-là, alors il ne te reste qu'à sortir ta carte bleue ». Ce n'est que de cela qu'il s'agit. Une affaire de consommation. Le bonheur à coup de codes PIN, est-ce que cela me suffit ?

7

Après un cinquième aller et retour sur le trottoir, je me fustige de nouveau de ma pathétique ponctualité. Même si j'ai l'impression de ne pas être particulièrement obsédée par le respect des horaires, il faut bien constater que je suis toujours à l'heure, voire souvent en avance. Je suis même envieuse de la décontraction de ceux qui se présentent à leur rendez-vous avec dix ou quinze minutes de retard sans en être affectés. Lorsque cela m'arrive, je me sens rentrer dans un état de stress intense qui tourne à l'énervement contre moi-même.

Quand Romain pointe enfin le bout de son nez, vingt minutes après l'heure dite, je le prends comme un manque de respect, c'est plus fort que moi. Si bien que je ne peux pas m'empêcher de lui lancer d'un ton sarcastique :

— Tu as fait un changement à Brest pour venir de la porte d'Orléans ?

Il me grommèle une explication dont je ne capte pas les détails. Mais de toute façon c'est sans importance. Je constate qu'il est suivi de près par deux filles et un garçon tous bien accordés à son style, baskets et T-shirts vintages.

— Je suis venu avec des potes trop curieux de découvrir ton mentaliste, m'annonce-t-il.

Et bien, très bonne idée, me dis-je dans un sourire intérieur. La soirée s'annonce bien, il fait un temps printanier et je ne dissimule pas mon plaisir d'avoir pu replonger dans ma garde-robe printemps été. Je porte enfin cette lumineuse petite robe que je m'étais achetée en promo sur internet l'année dernière en fin de saison et que je n'avais pas encore eu l'occasion de sortir de mon dressing.

— J'espère que l'ambiance va être cool ce soir, attaque Romain.

— Oui, je te l'ai dit, j'ai vu son spectacle précédent

et je t'assure que je ne me suis pas ennuyée.

— J'ai fait une recherche sur ton mentaliste, j'ai vu qu'il avait au moins cinquante balais quand même, me précise l'impertinent, qui du haut de ses vingt-huit ans pense que tous les bipèdes au-dessus de quarante ans sont bons pour les soins palliatifs.

Je ne juge d'ailleurs pas utile de lui préciser que je vais moi-même bientôt dépasser la barre des trente et que non, Maxence est loin d'être un croulant barbant. Il est plutôt à classer dans la catégorie de quinquas avec l'option charme. Un mètre quatre-vingt, l'allure de l'homme qui fait attention à lui. Ses yeux verts, ses cheveux poivre et sels et sa barbe de trois jours lui donnent un côté star hollywoodienne des années cinquante. Et cela pourrait me troubler. Enfin, si bien sûr je me sentais en condition d'être troublée, ce qui n'est pas d'actualité, vu que je ne suis pas remise de ma rupture houleuse et brutale avec mon précédent chéri.

Histoire compliquée, car il contrôlait à ce point ma vie que j'ai failli devoir changer de boulot tant il ne supportait pas ma complicité « louche et excessive » avec mes collègues de bureau masculins. Car selon lui, aller prendre un verre avec eux ce « n'est jamais innocent » et « ils ont toujours une idée derrière la tête ». Ce type de conversation se terminait toujours soit par « tu es complètement aveugle », soit par « il te manque une case ».

Rupture brutale, car elle s'est conclue, comme l'époque le permet, par la réception d'un SMS de huit mots et trente-cinq caractères qui mit fin à notre histoire de six mois.

< *Faisons un break, c'est mieux pour nous deux* >

Nous vivons une époque formidable, dans laquelle un Marcel Proust, s'il écrivait aujourd'hui, nous pondrait une Recherche du temps perdu – la version originale totalisant neuf millions de mots – en cinq tweets bien tournés. Circulez et zappez à la page suivante…

Voilà où j'en étais, et franchement, cette étape suivante, je ne voyais pas à quoi elle pouvait ressembler…

La sonnerie du théâtre commence à remplir l'ambiance sonore du hall d'accueil. Il est temps pour nous de nous diriger vers nos places. Un ouvreur nous accueille avec un cérémonial accentué et nous accédons à nos sièges en nous faufilant entre les travées. Les salles de spectacles parisiennes sont souvent équipées de rangées de sièges assez rapprochées. Et ce théâtre ne déroge pas à la règle. Mon mètre soixante-cinq se case sans trop de problèmes, mais Romain qui me dépasse de quinze bons centimètres s'installe en grognant.

— Incroyable, je me sens comme un géant dans cette salle, où est-ce que je vais bien pouvoir caser mes jambes ?

Une voix enregistrée emplit les enceintes de la salle pour nous rappeler à tous que nous devons mettre nos téléphones en mode avion. J'obtempère avec un pincement au cœur et fourre mon précieux compagnon dans le fond de mon sac à main. La suppression soudaine de toute source lumineuse capte aussitôt notre attention. Puis une colonne de lumière blanche en provenance du plafond de la salle vient illuminer un cercle d'un mètre de diamètre en plein milieu de la scène. À centre de ce cercle apparaît la silhouette du mentaliste. Je tressaille sur mon siège.

— Je suis contente de te faire découvrir ce spectacle, murmuré-je à Romain. Et peut-être y trouveras-tu des choses intéressantes pour toi également.

Je constate qu'il est déjà absorbé par les jeux de lumière. Il a le regard que l'on observe chez les enfants à l'entrée d'un parc d'attractions. Tous les sens sont en éveil et l'esprit critique en mode silencieux. Je suis presque certaine qu'il va passer un bon moment et cela me réjouit de partager cette découverte avec mon geek préféré. Et un coup d'œil à la dérobée me confirme que ces trois camarades sont eux aussi complètement concentrés sur l'arrivée du mentaliste sous la rampe des projecteurs.

Maxence traverse la scène seul et se poste sur le bord, au plus près de son public, arborant un soutire confiant et complice. L'artiste nous présente son spectacle, qu'il nous explique tourné autour de l'hypnose et de la Meta-déduction. Il a développé cette technique de méta-déduction pour exercer ses compétences de mentaliste. Observer les signes que les personnes émettent à travers leurs gestes, leurs regards. Cela va jusqu'à leur démarche quand ils s'approchent de la scène et gravissent les marches avec plus ou moins d'assurance. L'intention qu'il lit dans leurs yeux. La fermeté de leur poignée de main lui donne également des indications sur leur degré de confort ou de malaise. Il note aussi les mots choisis et la manière dont ils sont articulés. Et enfin, il affirme avoir la capacité de déduire de ces diverses informations un sens implicite ou caché. Et c'est en utilisant cette capacité de lecture des personnes qu'il parvient à découvrir les secrets bluffants qu'il met en lumière chaque soir avec un public différent. Il ne manque pas de préciser à chaque occasion qui le permet qu'il n'a préparé aucune de ces situations avec les spectateurs.

J'arrive mal à dissimuler mon excitation. Si j'avais ne serait-ce qu'un dixième des aptitudes de Maxence, je me sentirais tellement plus confiante dans ma vie personnelle et professionnelle.

Il lance une peluche dans la salle.

— Faites des passes entre vous et la troisième

personne qui attrapera ma peluche aura la joie de me rejoindre sur scène, lance-t-il à la cantonade.

La peluche passe au-dessus de ma tête, sa forme et sa couleur m'évoquent un personnage familier que je ne parviens pas à identifier. Elle m'a survolée trop vite. Les lois de la balistique s'appliquent à ce petit personnage vert qui retombe en cloche sur sa cible. Elle s'écrase sur la poitrine généreuse d'une femme qui dans un réflexe rempli de surprise et de panique repousse énergiquement le petit monstre vert en direction de la scène. D'un bond, Kermit la grenouille parcourt cinq rangs dans notre direction. La peluche rebondit sur une forêt de mains trop impatientes de s'en débarrasser, donnant une nouvelle impulsion à la grenouille, toujours dans notre direction. Un des amis de Romain, quatre sièges à ma gauche, et dont je n'ai pas retenu le nom, se retourne vers nous au comble de l'excitation en criant.

— C'est Kermit, ça déchire, j'ado…

C'est à cet instant précis que la célèbre grenouille,

personnage emblématique du Muppets show[1] vient percuter le visage du garçon en flagrant délit d'inattention. Il n'a pas le temps de fermer la bouche que toute la salle explose d'un rire spontané tant la vision de cet effet de surprise prête à rire sans retenue. Le jeune homme ne semble pas ravi de cette confrontation avec le Kermit en peluche verte. Son inconfort augmente d'un cran quand la poursuite lumineuse plonge sur lui et que Maxence le désigne comme celui qui, choisi par le hasard, va avoir le grand plaisir de monter sur scène et sous les applaudissements nourris du public. La salle est d'autant plus enjouée que nous sommes tous libérés de la crainte de nous trouver à sa place. Et c'est avec bienveillance et les encouragements des spectateurs qu'il invite ce monsieur à le rejoindre sur scène. Thibault, puisque c'est le nom qu'il décline dans le micro qu'on lui présente, ne semble pas enthousiaste de se retrouver là devant cette salle. Il tend la main avec timidité à Maxence, qui pour sa part l'accueille

[1] Série télévisée de 120 épisodes diffusée dans les années 80

avec un généreux sourire. Sans doute pour tenter de le mettre à l'aise. J'ai déjà observé que le mentaliste utilise une méthode bien à lui pour recevoir ses invités sur les planches. Tout paraît orchestré avec minutie. Il les guide vers un point bien précis de la scène. Comme s'il ne laissait rien au hasard. Ces mots et ses gestes sont choisis et cela ne ressemble pas du tout à de l'improvisation. Après lui en avoir demandé l'autorisation avec une affabilité non feinte, il lui pose une suite de questions insolites et hétéroclites.

— Vous préférez les vacances en familles à la mer ou sportives à la montagne ?

— Pour vous une voiture, cela sert avant tout à vous déplacer, à vous faire plaisir, à faire mourir de jalousie votre voisin ?

— Au travail vous aimez travailler plutôt seul ou en groupe ?

Après avoir reçu les réponses à ces trois interrogations, Maxence prend quelques secondes de réflexion et se dirige vers une table discrètement installée sur le fond de la scène. Sur cette table sont posées neuf boites en bois, toutes différentes les unes des autres. Il les parcourt du regard et il lui annonce qu'il s'apprête à lui révéler les secrets de sa personnalité. Pour cela, il nous explique employer une méthode ancestrale de développement personnel qui identifie neuf types de personnalités. Une de ces neuf boites détient , selon lui, les grandes tendances secrètes et inconscientes de la personnalité de Thibault.

Je plisse les yeux pour tenter de distinguer les particularités de chacune de ces boites. Nous sommes au troisième rang, donc à une distance raisonnable de la table. Mes tentatives d'observations sont rendues difficiles par les fumigènes qui produisent des volutes blanches par intermittence. J'augmente encore ma concentration et mon œil accède enfin à une image claire des boites. Elles me paraissent anciennes, dans un bois rustique et méticuleusement ouvragé. Chacune d'elles est sculptée de manière unique. Si elles ont toutes le même format, aucune ne pourrait être confondue avec sa voisine. En me focalisant sur celle du centre, je peux distinguer des feuilles, des fleurs. La boite d'à côté est, elle, ornée des formes animales. C'est un paysage montagneux surplombant un plan d'eau qui couvre l'ensemble du couvercle d'une des autres boites. En somme, elles sont toutes différentes, même si leur style reste homogène.

— Thibault, je vais vous révéler ce soir certains secrets de votre personnalité en utilisant la méthode des neuf types de personnalité, aussi appelée l'ennéagramme, nous explique Maxence. Les origines de ces savoirs sont controversées. Certains en ont trouvé des traces dans la chrétienté du premier siècle chez le moine Évagre le Pontique. D'autres ont identifié les racines dans le soufisme. L'ordre de Bahaudin Naqshband utiliserait un système de guérison basé sur ces neuf types. Enfin, c'est à la Kabbale, selon d'autres historiens, qu'échoient les racines de cette méthode. Qui a raison, mystère, conclut Maxence, en laissant planer un épais mystère sur cette théorie.

Il s'interrompt quelques secondes, le temps de nous permettre d'assimiler ces informations, puis reprend :

— Thibault, dirigez-vous vers la table et prenez la

boite qui est recouverte d'une gravure représentant un lac au pied d'une montagne.

Thibault s'avance et sa main s'avance vers les boites. Il observe chacune avec attention et pointe l'une d'elle du doigt, en jetant un regard interrogateur à Maxence. Celui-ci acquiesce d'un sobre mouvement de mâchoire. La boite en main, le spectateur ne semble pas savoir quoi en faire.

— Et bien, ouvrez là, lui suggère le mentaliste. Ce qu'elle contient vous concerne, c'est pour vous, c'est un cadeau que je vous offre ce soir.

Les yeux de Thibault s'arrondissent de surprise. Il baisse son regard vers ce coffret étrange et en ouvre délicatement le couvercle. Il contient une feuille de papier. Avec sa main droite, il s'en saisit et la déplie.

— Allez-y. Lisez à haute voix ce qui est écrit sur cette feuille et qui, si je ne me suis pas trompé, correspond aux traits intimes de votre personnalité profonde. Mais, bien sûr, vous me direz si cela vous parle. Après tout c'est vous qui vous connaissez, n'est-ce pas Thibault ?

Maxence prononce les derniers mots de sa phrase

en les accompagnant d'un large sourire.

— Thibault, pouvez-vous lire cette lettre à voix haute ?

— Elle commence par « Cher Thibault », révèle l'intéressé qui ne parvient pas à dissimuler sa surprise.

— Oui, comme je viens de vous le dire, cette lettre est écrite à votre intention.

Le jeune homme débute d'une voix hésitante la lecture et trébuche d'emblée sur la prononciation de son propre prénom, comme si l'impossibilité que cette lettre lui soit adressée le troublait au plus haut point. Puis il reprend avec prudence sa lecture, comme un enfant qui avance dans le noir au milieu d'une pièce sombre et qui craint de heurter les meubles qui pourraient apparaître sur son trajet.

— Votre profil est de type cinq, l'observateur. Vous êtes une personne calme, vous aimez réfléchir aux situations de manière analytique et rationnelle. Vous avez besoin de plus de solitude que la plupart des gens. D'ailleurs, vous aimez vous trouver dans une position d'observateur. Vous n'appréciez pas particulièrement vous retrouver sur cette scène devant tous ces gens. Vous n'appréciez pas parler de vous ou de vos sentiments. Vous ne vous ennuyez jamais quand vous êtes seul et vous profitez mieux des expériences à postériori en vous les remémorant au calme.

Il a visiblement terminé sa lecture, car il laisse la main qui tient la feuille retomber le long de sa jambe. La lumière de scènes diffuse des traits bleutés accentuant la solennité du moment. Tous les regards se tournent sur le dénommé Thibault et l'on entend la voix de Maxence résonner dans les enceintes puissantes de la salle.

— Alors Thibault, quel est votre verdict ? Ce descriptif vous correspond-il ?

— Oui, à cent pour cent, c'est complètement moi. C'est … étonnant… comment...

Puis sans finir sa phrase, son regard tombe sur le sol, comme un peu gêné de cette confidence très personnelle.

— Un tonnerre d'applaudissements mesdames et messieurs pour Thibault ! s'exclame Maxence en accompagnant le spectateur vers le bord de la scène et sa libération.

Les applaudissements montent et j'y participe de tout mon cœur, ne sachant pas bien qui j'applaudis vraiment. Le spectateur qui a été le sujet de cette révélation ou le mentaliste qui en est à la fois l'architecte, le chef d'orchestre et l'acteur principal.

Nous quittons en petits groupes le théâtre et décidons d'aller prendre un verre dans un des bistrots du quartier pour échanger nos impressions sur le spectacle. J'en profite, dès la sortie, pour retirer le mode avion de mon téléphone et entendre avec satisfaction les petits avertissements sonores m'indiquant l'arrivée de toutes les notifications qui n'attendaient que ce moment pour m'informer des informations passionnantes que j'ai à consulter. A peine installés au bar, l'attention se tourne vers Thibault, encore auréolé de sa notoriété du soir. Les spots de lumière de la scène semblent encore éclairer son visage d'ange discret.

— Alors, raconte… lui lance sa voisine, il a vraiment découvert des trucs perso te concernant ? Et comment a-t-il fait à ton avis ?

Thibault lève son regard au-dessus de nos têtes comme s'il y cherchait une réponse. Puis nous confirme que oui, ce qu'a dit le mentaliste sur scène était exact.

— Je me suis senti très présent mais c'est un peu comme si j'étais ailleurs en même temps. C'est difficile à décrire. J'étais mal à l'aise, je l'avoue, mais ce qu'il m'en reste encore là maintenant, c'est un sentiment de confort et de force.

C'est aussi ce que j'avais ressenti lors de mon passage sur scène avec Maxence. Ce type avait un véritable talent pour mettre ceux avec qui il rentrait en contact dans une forme d'état second.

8

En rentrant du travail, je découvre une surprise dans ma boite aux lettres. Un courrier qui n'émane ni de ma banque ni de mon fournisseur d'électricité et qu'y n'est pas une publicité pour m'inciter à changer mes fenêtres ou à vendre l'appartement dont je ne suis pas propriétaire…

J'adore ouvrir ma boite aux lettres, car j'espère souvent y trouver une surprise et pour une fois mon vœu est réalisé.

Chère Lucie,

Je pense avoir compris votre demande. Retrouvez-moi au Parc Monceau dans le 17e *arrondissement. En sortant de la station Monceau, vous trouverez la rotonde qui marque l'entrée du parc. Je vous y attendrais ce samedi à 11 heures.*

Attention, et c'est très important, vous devez laisser votre téléphone chez vous.

Bonne journée à vous.

Maxence

La lettre toujours en main, je regarde à travers la vitre de ma fenêtre. Le soleil caresse ma peau et trace une lame jaune sur le sol de mon parquet de chêne. Il est bizarre ce type. Me demander de venir sans mon téléphone, mais cela rime à quoi ? D'abord la lettre manuscrite et maintenant le téléphone, il est allergique à la technologie ou quoi ? Quoi qu'il en soit, voyons les choses du bon côté, il a fait l'effort de m'écrire ce courrier, et en plus il répond favorablement à ma demande de rendez-vous. Je réalise maintenant que j'ai son acceptation en main que je ne croyais pas vraiment à une réponse positive de sa part. Pourquoi l'avais-je contacté à la base ?

Mon intention de départ ressemblait plus à l'envie de cliquer sur une image que l'on apprécie sur un réseau social. Comme cela, presque d'instinct, sans se soucier des conséquences. Car après tout, ce n'est que virtuel. Mais là, avec cette lettre en ma possession, je pèse au sens propre le poids de ma démarche. La question se pose de nouveau, vais-je me déplacer ? Traverser Paris pour retrouver cet homme que je connais à peine pour lui demander une chose que je ne sais pas encore clairement formuler ? Et puis pourquoi lui demander cela à lui, pourquoi pas à un psy dont c'est le métier ?

Note en bas de page, soyons franche ma petite Lucie, le psy tu as déjà essayé et cela n'as pas été un succès.

Une copine qui avait fait des études de psycho avait tenté en vain de m'expliquer les nuances de la psychanalyse entre l'école freudienne, lacanienne et jungienne. Mon choix, j'en ai un peu honte, je l'avais effectué en passant en revue les photos des psys sur un site comparatif. Une dame charmante m'avait reçue dans son cabinet et m'avait invitée à m'asseoir dans une chaise très confortable en face d'elle. Dans un coin de la pièce trônait un divan qui semblait me dire : « Voilà, c'est ici même que tu vas passer les dix prochaines années de ta vie à raconter tes rêves de petite fille, tes difficultés à t'affirmer, tes culpabilités, tes frustrations, tes inhibitions… » Bref ça ne l'a pas fait du tout, mais pas du tout. Moi, je souhaitais des résultats et pas dans dix ans, certainement pas une suite infinie de confessions intimes, allongée sur un divan en cuir gris avec dans mon dos une femme alignant les hum, hum et parfois un « vous entendez quoi par là » ?

Donc la psychanalyse j'avais déjà essayé, merci.

9

Depuis combien de temps n'étais-je pas sortie de chez moi sans mon téléphone ? Je fouille dans mes poches, ouvre pour la dixième fois mon sac et constate que oui, je l'ai vraiment fait ! C'est samedi et j'ai quitté mon appartement en laissant mon smartphone sur la table du salon. La sensation est plutôt bizarre. Non pas que je puisse me perdre en chemin. Impossible, il y a un seul changement à Saint-Lazare. Et puis, je connais bien le quartier. Non, le problème n'est pas là. Je me sens juste bizarre. Déjà dans la rame de métro, en examinant les gens je constate qu'ils sont tous ou presque sur leur téléphone, à jouer, lire, écouter de la musique ou visionner une vidéo. Soyons franche, je ne cracherais pas sur un petit passage sur Instagram, mon réseau social préféré. La perspective de passer ce temps de trajet sans mes distractions habituelles me déprime d'avance. Je vais m'ennuyer, c'est sûr. J'observe le décor autour de moi et tente de distinguer les lumières du tunnel qui défilent derrière la vitre… Ça y est je m'ennuie.

Mon regard divague et parcourt les visages et les habits des autres passagers de ma rame. Rien de vraiment intéressant. Puis je me sens attirée par les mouvements du corps de la jeune femme qui me fait face, assise, les deux mains crispées sur son téléphone, tapotant frénétiquement. Son visage est fermé, ou plutôt préoccupé par la conversation dans laquelle ses doigts sont embarqués. Le pincement de ses lèvres associé aux plis de son nez m'indique qu'elle vit un moment très désagréable. Je contemple mes mains posées sur mes cuisses. Je retourne ma main droite et détaille la paume, les traits, les plis, la bague à laquelle je tiens tant.

Je suis en avance d'une demi-heure, ça, c'est tout moi. Incapable d'arriver en retard comme une bonne Parisienne. Un jour il faudra que je me soigne de cela aussi. De l'autre côté de la rue, j'avise un café avec terrasse. Un excellent moyen de passer ces trente minutes dans l'attente de mon rendez-vous. La terrasse du lieu qui m'accueille est de celles qui font de Paris une ville que l'on visite du monde entier. Petites tables rondes cerclées de cuivre et serveurs en chemise blanche portant gilet. Une carte postale que l'on a tendance à ne plus voir quand on en est un autochtone. La perspective de ce rendez-vous me stresse, c'est indéniable. Je règle mes consommations, traverse la rue, passe la grande porte en métal du Parc Monceau et me dirige vers la rotonde, effectivement inratable.

Maxence m'attend, en pleine discussion avec une femme d'une beauté peu commune. Sa quarantaine légère et épanouie a rehaussé la grâce de ses gestes et la douceur de ses traits. Ils s'embrassent rapidement et elle s'éloigne de lui avec un petit geste tendre de la main.

— Bonjour Maxence, j'espère que je n'interromps pas votre rendez-vous, dis-je un peu gênée.

Il me tend la main en me souriant.

— Bonjour Lucie, absolument pas, ma femme a un après-midi bien chargé, les comédiens n'ont pas de week-end, me rassure-t-il d'une voix chaleureuse. Mais parlons de vous, comment s'est passé votre voyage ?

— Mon voyage ? Si vous évoquez les huit stations de métro et le changement à Saint Lazare, rien d'exceptionnel, si vous voulez mon avis.

— Bien au contraire, l'extraordinaire se dissimule souvent dans l'anodin. Vous seriez surprise des aventures que je vis au quotidien.

Il me décoche un sourire énigmatique et ajoute :

— Que diriez-vous de marcher avec moi dans les allées de ce parc ? Je l'arpente depuis de longues années et j'apprécie sa capacité à ouvrir l'esprit de ceux qui s'y aventurent.

— Marchons, cela va me faire du bien acquiescé-je, convaincue que mettre un pied devant l'autre me permettra d'évacuer le stress de me retrouver en compagnie de ce presque inconnu.

Je me cale sur l'allure étonnamment lente du mentaliste. Nous avançons côte à côte maintenant.

— Avez-vous remarqué la personne qui boitait durant votre changement à Saint-Lazare ? m'interroge le mentaliste.

— Pardon ? Vous voulez dire, il y a quelques minutes ? Et bien oui, peut-être un monsieur âgé avec une canne, j'ai dû le contourner pour ne pas le percuter.

— Bien, et les deux adolescents amoureux qui rentraient de l'école, vous les avez vus aussi ?

— Heu, adolescents, laissez-moi réfléchir, oui, peut-être, amoureux, c'est difficile à dire. Comment pouvez-vous savoir cela, vous me suiviez ?

Il hausse les épaules.

— C'est l'heure de pointe de la sortie des lycées, voilà tout.

— Et pourquoi ces questions ? insisté-je, un brin agacée.

— Je vous pose ces questions en raison de votre téléphone.

— Oui, justement, mon téléphone, j'avais une question à vous poser à ce sujet. Je ne comprends vraiment pas pourquoi vous m'avez demandé de le laisser à mon domicile. Vous comptez me kidnapper et vous ne voulez pas laisser de traces c'est ça ?

Le ton de ma voix doit laisser passer le sarcasme, car il enchaine du tac au tac.

— Vous kidnappez, répète-t-il en riant de bon cœur. Vous avez l'esprit romanesque, Lucie. Mon intention visait bien au contraire à libérer votre attention. Si vous avez vu le monsieur âgé boiter ainsi que les adolescents, c'est précisément parce que vous n'aviez pas votre téléphone. Si vous souhaitez incriminer quelqu'un de kidnapping, c'est vers lui que votre doigt accusateur doit pointer. C'est votre téléphone qui accapare votre attention et diminue l'attention que vous portez aux autres, aux choses qui vous entourent et au final votre attention à vous-même. Cela nous amène au premier secret que je compte vous révéler aujourd'hui : Au commencement était l'attention. Plus vous portez votre attention aux gens qui vous entourent, à leur manière de se comporter, plus vos aptitudes à communiquer avec eux vont s'améliorer. Les grands orateurs sont avant tout de grands écouteurs. Une grande partie de la compétence que j'exerce en tant qu'artiste est basée sur l'observation. Quand j'appelle une personne sur scène, j'observe avec attention sa façon de se lever de son siège. Est-elle énergique et enthousiaste, ou hésitante ? Sa démarche jusqu'au premier rang en dit long également. Communique-t-elle du regard avec ses proches ? Cherche-t-elle les encouragements d'autres spectateurs qu'elle ne connaît pas ? Sa poignée de main est bien sûr primordiale. Ici, nous quittons le registre du visuel pour rentrer dans le champ du kinesthésique. Vous avez dû remarquer que certaines personnes gardent votre main dans la leur comme pour vous dire quelque chose. Ceux qui vous accordent une main fuyante et inconsistante vous disent également quelque chose. C'est votre attention seule qui vous permettra d'identifier le message qui se cache derrière le geste. Votre attention pourra ensuite se porter sur des éléments plus classiques. Les mots utilisés par votre interlocuteur donnent des informations sur sa vision du monde. Est-il analytique, sensible, ou portée sur l'action ? L'intonation avec laquelle il va prononcer ces mots.

La confiance ou la timidité sautent à l'oreille comme une expression de visage va sauter aux yeux. Et enfin les gestes et les postures corporelles vont corroborer les autres signes pour vous permettre d'affiner votre profilage. Cette capacité d'observation est si primordiale que dans la très grande majorité des cas, votre interlocuteur n'envoie aucun de ces messages de manière consciente. Il ne réalise pas qu'il transmet autant d'informations. À vous donc de les capter pour les utiliser. C'est une richesse extraordinaire que la plupart des gens gaspillent sans même s'en rendre compte. Pour conclure ce sujet, vous devez savoir que le temps d'attention d'un poisson rouge est de neuf secondes. Des études réalisées sur l'attention des adolescents montrent qu'elle est tombée à huit secondes à cause des smartphones. Les humains qui grandissent aujourd'hui accompagnés de ces symbiotes technologiques développent une attention inférieure à celle des poissons rouges. Avouez qu'il y a de quoi s'en préoccuper, vous ne trouvez pas ? Voilà pourquoi je vous ai demandé de venir ici sans votre téléphone. Pour vous permettre de renouer avec votre attention.

Je le regarde et l'expression de mon visage doit lui révéler la question qui me vient à l'esprit. *Il me traite de poisson rouge là, je n'ai pas rêvé ?*

Je me contente de relever avec plus de sobriété :

— C'est tout de même bien pratique pour passer le temps et conjurer son ennui.

— Des études montrent que s'ennuyer de temps à autre a de nombreuses vertus, mais parlez-moi plutôt des choses que vous souhaiteriez améliorer. Vous écriviez que sur scène vous vous êtes sentie plus confiante.

— Je peux vous faire une liste dans l'esprit lettre au père Noël. Laissez-moi réfléchir une seconde.

Mon regard se porte sur un papa qui joue au ballon avec son jeune fils. Leurs mouvements s'accordent naturellement. Le papa accomplit d'évidents efforts pour ajuster sa rapidité et sa force aux gestes hésitants de son fils. Leur complicité est évidente.

— Rétablir une relation avec mon père, c'est aussi un objectif pour moi, mais mon manque de courage ne m'a pas encore permis de l'affronter, expliqué-je.

Soudain, les idées fusent et apparaissent dans ma tête comme si elles étaient là auparavant, posées sur une étagère, elle-même dissimulée derrière un pan de mur qui vient juste de disparaître. Elles sont de nouveau accessibles et tout m'arrive en vrac.

— Augmenter ma confiance en moi, arrêter d'accepter tout ce que l'on me demande, apprendre à dire non. Ne plus paniquer à l'idée de prendre la parole en public. Augmenter ma capacité de concentration, car aujourd'hui j'ai l'impression d'avoir le mental d'un poisson rouge.

Maxence sourit et son regard bienveillant se pose sur moi avec douceur.

— C'est tout ? me demande-t-il sans ironie ni sarcasme dans la voix.

— Oui, c'est déjà pas mal. Si vous avez un truc pour régler tous ces sujets, vous ferez de moi une nouvelle Lucie, c'est certain.

Je ponctue cette dernière affirmation d'une moue qui dévoile ma sincérité.

— Je vois, merci pour votre franchise. C'est essentiel à ce stade, la franchise avec soi-même.

Accepter de regarder en face ce que l'on veut et ce qu'il nous manque pour l'obtenir. Vous me disiez que sur scène avec moi vous vous êtes sentie différente ?

Je m'accorde quelques instants de réflexion pour formuler ma réponse.

— Oui, c'est exactement cela, j'étais sous les projecteurs, sur cette scène, devant tous ces gens et je n'éprouvais aucun malaise. Bien au contraire, c'était même plaisant. Et je vous assure qu'habituellement, cela ne se passe pas comme cela pour moi.

— Donnez-moi un exemple.

— Ma réunion du lundi matin, je suis sensée présenter l'avancement de mon travail de la semaine précédente et évoquer les éventuels soucis pour les semaines à venir. Demander des conseils, ou de l'aide à mes collègues. Et en face de moi, j'ai Arthur qui pilote la réunion.

— C'est votre chef ?

— Non, même pas, c'est le responsable du marketing, moi je suis dans une division autonome. Mais je dois composer avec lui, je dois lui faire accepter certaines de mes recommandations. Et ce n'est pas facile.

Maxence se tourne vers moi et plonge son regard chaleureux dans le mien.

— Comment le décrieriez-vous ? s'enquiert-il.

Je pourrais lui énumérer la très longue liste des défauts d'Arthur, je suis intarissable sur le sujet, mais je préfère rester raisonnable.

— C'est « Monsieur je sais tout », affirmé-je en grinçant des dents. Il bénéficie d'une confiance en lui illimitée. Tout l'inverse de moi. Je n'arrive pas à communiquer avec lui.

— Et qu'avez-vous tenté jusqu'à présent pour faire passer vos messages ?

— Et bien pour commencer j'ai été polie et plutôt gentille avec lui. Quand il me demande quelque chose, je ne suis pas avare de détails dans mes réponses. Je bosse dur pour fournir un travail de qualité. Quand on me confie une tâche, je ne suis pas de celles qui se contentent de quelques recherches sur Google pour terminer au plus vite. Je vous assure que je me donne du mal.

— Laissez-moi deviner, quand vous lui présentez

en détails votre vision du sujet qu'il vous a confié, il ne vous laisse pas le temps de terminer, déclare Maxence avec une mimique amusée.

— Oui, il me coupe…

— Et il saute directement la conclusion, au plan d'action.

Je dévisage le mentaliste, incrédule.

— C'est exactement ça, vous le connaissez, c'est incroyable. Et j'ajouterais qu'il ne tient pas compte de mes avis.

— Et vos exhortations à la prudence ont tendance à l'énerver, n'est-ce pas ?

— Plutôt, ça le rend dingue, confirmé-je d'un ton agacé. Lui, ce qu'il veut, c'est foncer.

Maxence prend une grande inspiration et son buste recule pour s'installer plus confortablement contre le dossier du banc sur lequel nous venons de nous assoir.

— Je vois, me dit-il en plissant les yeux.

— Alors, que me conseillez-vous ? Que dois-je faire pour qu'il change de comportement avec moi ?

— Arrêtez d'être gentille avec lui, cette stratégie ne paie jamais avec ce type de personnalité.

— Ah bon, et bien je fais quoi moi alors ?

— Vous lui rentrez dedans sans violence, mais en utilisant des phrases courtes. Vos démonstrations doivent s'appuyer sur des faits tangibles et surtout soyez concise.

— Pardon ?

Mon visage a dû exprimer quelque chose approchant de l'incompréhension totale, car il a cru nécessaire d'ajouter.

— Pour clarifier mon propos, je vous conseille de changer de registre de communication avec lui. Jusqu'à présent, vous avez vécu la désagréable expérience du voyageur arrivant dans un pays qui lui est étranger. Vous ne parlez pas la langue. Alors, tout devient compliqué.

— Je pensais pourtant parler correctement le français. Enfin, c'est ce que l'on me dit en général.

— Vous n'y êtes pas, Lucie, affirme Maxence avec un sourire. Je vous parle de manière métaphorique. Arthur et vous ne parlez pas la même langue. Dans ce cas, vous devez parler cash avec Arthur. Lui tenir un langage très direct. Mettez de côté les formules de politesse et de mise en garde, il ne les entend pas de toute façon. Ce monsieur rentre dans la catégorie des battants dotés d'une formidable capacité à mettre tout en œuvre pour atteindre leurs objectifs. La réussite sociale et professionnelle représente leur principale priorité. Ce sera le secret numéro deux : parler la langue de l'autre va augmenter votre capacité à faire passer vos messages. Si nous nous observions tous un peu plus, nous pourrions constater l'usage fréquent de certains mots, certains tics de langages qui nous sont propres. Une manière de tourner nos phrases qui n'appartient qu'à nous. Vous vous souvenez peut-être d'un de vos professeurs adeptes de phrases interminables et ampoulées. D'un oncle qui, durant les diners de famille, ne pratique que des brèves d'un mot ou de phrases courtes et lapidaires. La langue que vous pouvez utiliser avec Arthur sera construite autour des réalisations concrètes et observables par tous. Ce qui l'intéresse avant tout c'est de faire. Concentrez-vous là-dessus. Inutile de partager avec lui vos ressentis et états d'âme. Ou de le questionner sur les siens. Il ne se pose jamais la question pour lui-même. La question « comment je me sens ? » est remplacée chez lui par « qu'est-ce que j'ai à réaliser ». C'est à ce prix que vous ferez passer votre message et qu'il valorisera votre contribution à sa juste valeur.

— OK, je crois que j'ai compris, dis-je en hochant la tête.

— Parfait. Car c'est dans cet esprit que je vais vous prescrire votre première tâche à accomplir.

— Ce ne sera pas la première fois que vous me demanderez de faire des choses particulières. Vous avez déjà commencé à me lançant un défi plutôt inhabituel avec cette histoire de téléphone que je devais abandonner à la maison.

Il sourit.

— C'est exact, le téléphone, c'était un échauffement dirons-nous. Mais nous y reviendrons.

— Un nouveau secret ?

— Je vois que vous êtes impatiente, souligne-t-il ironique en voyant ma mine égarée. La plupart des gens qui assistent à mes spectacles attendent que je leur révèle les secrets qui me permettent de réaliser les expériences que je fais vivre au public sur scène.

En tant qu'artiste, je ne dois pas révéler mes techniques qui sont en quelque sorte des secrets professionnels. Mais vous, vous vous présentez à moi avec une demande d'une autre nature. Votre situation personnelle me touche, Lucie, et c'est pour cela que j'accepte le challenge de vous aider. De vous amener au stade de la Lucie 2.0 si c'est bien cela que vous souhaitez. Et je vais faire cela sans vous demander de rémunération.

— Pourquoi feriez-vous cela, j'imagine que vous avez d'autres sujets de préoccupation dans votre vie ? m'étonné-je.

— Je ne peux pas vous révéler maintenant mes raisons, Lucie. Vous allez devoir vous contenter pour le moment de l'explication suivante. Mes raisons sont sincères et vous seront dévoilées en temps et en heure. Voici néanmoins mes conditions pour que nous avancions ensemble sur ces objectifs. Toute communication avec moi ne pourra se faire que par voie postale, mais ça, je pense que vous l'avez déjà compris. Nous nous verrons toutes les deux semaines, les samedis matin ici à onze heures, dans ce parc, comme aujourd'hui. Vous pourrez à tout moment interrompre nos échanges et cela sans que je vous en tienne rancœur. Mais sachez que toute interruption de nos rendez-vous sera définitive.

Je me passe une main dans les cheveux avant de poser la question qui me travaille.

— Et cela va durer combien de temps ? Comment saurais-je que nous sommes arrivés au bout ?

— Vous le saurez, dit-il dans un sourire bienveillant, je vous garantis que vous le saurez. Sommes-nous d'accord là-dessus Lucie ?

— Et bien, oui, je pense.

Son regard interrogateur et l'inclinaison de son visage me laissent entendre que cela ne lui suffit pas.

— J'en suis sûr en fait, ajouté-je de manière plus affirmative, nous sommes d'accord.

— Bien, bien, revenons à votre Arthur alors.

— Ce n'est pas mon Arthur ! répliqué-je du tac au tac comme si on m'avait piqué avec une aiguille.

Le visage de Maxence se fend d'un sourire amusé.

— Vous souhaitez améliorer cette relation n'est-ce pas ? me demande-t-il.

— Bien sûr, mais je me demande pourquoi il changerait. Il fonctionne comme cela avec tout le monde et cela semble bien lui réussir. Alors pourquoi changerait-il avec moi ?

— Je partage votre avis, il est inutile d'attendre qu'il change par lui-même.

— Donc vous voyez bien qu'il n'y a rien à faire. Ce type c'est ma malédiction, soupiré-je avec un large geste du bras.

— Il y a tout à faire bien au contraire. La solution, je vous la donne et ensuite je vous l'explique. La solution, la voici : C'est à vous de changer, d'apprendre à lui dire non. Une fois que vous aurez fait cela, vous verrez son comportement évoluer à votre égard. Cela fera l'objet du secret numéro trois. Dans ce type de relation difficile avec un collègue ou un hiérarchique, vous devez vous poser la question magique suivante : qu'est-ce que je vais changer chez moi, qui va le faire changer lui, sans que j'aie à lui demander de changer ?

Je secoue la tête, embarrassée.

— Vous m'avez embrouillée là, je n'arrive pas à

vous suivre, cher Maxence.

— Laissez-moi vous le dire différemment donc, insiste-t-il en arborant un air de complicité sincère. D'ordinaire, quand nous subissons une situation difficile avec quelqu'un, nous voyons d'abord ce qui ne va pas chez l'autre. Il est trop agressif, trop pédant, trop fuyant… Et nous nous plaignons de cette situation en implorant le ciel qu'un jour un événement quelconque le fasse changer. Et cela sans trop y croire, car comme disait ma grand-mère « Les gens ne changent pas ! »

— Je crois que nous avons la même grand-mère !

— Et bien elles ont surement raison, répond-il sans se départir de son air amusé.

— Alors, vous voyez, vous le dites-vous même, s'ils ne changent jamais à quoi bon se fatiguer avec tous ces stratagèmes bizarres ? me lamenté-je

— Nous arrivons au point intéressant, ma chère Lucie. Si les gens ne changent que lentement en ce qui concerne leur personnalité profonde, ils peuvent assez aisément adapter certains de leurs comportements aux contextes dans lesquels ils évoluent. Je m'explique.

Quand vous adopterez la bonne méthode pour tenir tête à Arthur, il changera d'attitude à votre égard. Et cela sans violence ou agressivité de votre part. C'est là que réside le secret de changer quelque chose chez soi qui va faire changer l'autre sans lui demander de changer. Grâce à cela, vous allez parvenir à lui dire non avec succès.

— Lui dire non ! Plus facile à dire qu'à faire, on voit bien que ce n'est pas vous qui êtes face à lui dans ces réunions de projet.

— Je ne vous dis pas que cela est facile, je vous dis juste que cela va porter ses fruits. Avez-vous vu le film Matrix ? me demande-t-il.

Je me souviens de ce film, bien qu'il date du siècle dernier.

— Oui, bien sûr, même si je vous avoue que je n'avais pas tout compris à la dimension mystique de l'histoire.

— L'essentiel est basé sur des théories fréquemment reprises dans le développement personnel. Et notamment la fameuse scène de la cuillère. Laissez-moi vous rappeler cette séquence qui nous en apprendra beaucoup sur l'exercice que je vous demande de faire avec Arthur. Dans cette scène, Néo, le personnage principal de cette aventure, se trouve dans une salle d'attente en compagnie d'un jeune garçon en tenue de moine et au crâne rasé. L'enfant, qui ne doit pas avoir plus de douze ans, tient devant lui une cuillère en métal qu'il fixe d'un regard intense. Néo se rapproche de lui pour l'observer de plus prêt. C'est alors que la cuillère se tord subitement. Elle se plie comme si elle était en caoutchouc mou. Puis l'instant d'après, elle reprend sa forme initiale. Et cela sans que l'enfant n'ait exercé aucune torsion visible sur l'objet. C'est de toute évidence avec la force de son esprit qu'il a accompli cette prouesse contredisant toutes les lois de la physique élémentaire. Il confie alors la cuillère à Néo avec ses mots.

Il s'interrompt et pointe un doigt vers moi.

— Et c'est là, chère Lucie que je vous invite à être attentive. Il lui dit : « N'essaye pas de tordre la cuillère, c'est impossible. Tu dois juste réaliser ce qui est vraiment ». « Et qu'est-ce que c'est ? » lui demande Néo. L'enfant lui répond : « La cuillère n'existe pas. Ce n'est pas la cuillère que tu dois tordre, mais toi même ! ». Alors, Néo prend la cuillère en main, se concentre intensément et parvient lui aussi à la tordre aussi magiquement que l'enfant y était parvenu auparavant.

— Je me souviens maintenant que je n'avais pas compris grand-chose à ce film, et cela se confirme, déclaré-je d'une voix désespérée.

Maxence sourit.

— Il faut prendre cette scène au sens métaphorique. Laissez-moi vous clarifier cette image. La cuillère c'est votre Arthur. Il est comme cette cuillère en métal, ce n'est pas en le regardant que vous allez le faire changer de comportement à votre égard. Comme le héros de ce film, c'est en vous tordant vous même que vous allez changer la situation. En l'occurrence, « se tordre » signifie changer la façon dont vous allez communiquer et vous comporter avec lui. Une fois que vous aurez commencé à agir et parler d'une autre manière avec lui, vous constaterez que, comme la cuillère dans le film, il va en retour, se comporter différemment avec vous. Je fais le pari qu'il va s'assouplir en quelque sorte. Pour dire les choses plus simplement, c'est à vous de faire un effort. Et je peux vous garantir que cet effort vous apportera de grands bénéfices en retour.

Je le regarde confuse, je ne sais pas encore trop quoi en penser. Mais cet homme semble confiant avec ce qu'il avance. Et après tout, s'il a des solutions pour moi, je serais bien bête de ne pas en profiter.

— Imaginons que je vous suive là-dessus. Je fais comment concrètement avec mon Arthur ?

J'accompagne ces derniers mots d'un haussement de sourcils complice pour lui montrer que moi aussi je peux plaisanter avec ce sujet.

— Passons donc maintenant à la technique pour dire non à ce monsieur, m'annonce-t-il en tirant un stylo de la poche intérieure de sa veste.

Il sort un carnet de notes de sa poche et l'ouvre sur deux pages vierges. En haut de la page de gauche, il écrit un grand « Oui » en dessous duquel il dessine une émoticône souriante. En haut de la page de droite, il inscrit « Non » et en dessous, il dessine une bulle de bande dessinée reliée à la bouche de l'émoticône. Cette bulle contient quelques bla-bla-bla illustrant les mots qui sortent de la bouche du petit personnage. Il me montre le dessin et dans un sourire me déclare :

— Voilà la solution, faites cela et vous atteindrez le résultat.

Et là, brusquement je me sens projetée dans un souvenir d'enfance format A4 d'un grand livre que j'avais découvert dans la bibliothèque de mon père. « Dessine-moi un mouton », demande le petit prince à l'aviateur déboussolé qui vient d'atterrir en catastrophe en plein milieu du désert à mille lieues de toute terre habitée. « Dessine-moi un mouton ! » demande-t-il à nouveau, avec l'insistance enfantine d'un prince d'une planète n'hébergeant qu'une rose unique et capricieuse. L'aviateur dessine sur une page de son carnet de notes une caisse en bois avec des trous pour laisser passer l'air. Il la tend au gamin en disant « Voilà, c'est une caisse avec des trous, le mouton est dedans ». Le petit prince prend le papier, son sourire illumine son visage. « C'est exactement comme cela que je me l'imaginais », dit-il.

Donc voilà où j'en suis, je me sens comme ce petit prince au milieu du désert face à cet aviateur tombé du ciel.

— Laissez-moi vous expliquer comment interpréter ce dessin, Lucie. Pour dire non à Arthur, le secret c'est de lui dire « oui » et « non » en même temps.

— Il va falloir m'expliquer cela, Monsieur le mentaliste, car à ce stade je ne comprends pas bien, la communication saute sans arrêt, m'amusé-je en mimant, comme si j'avais mon téléphone à l'oreille, une conversation téléphonique de mauvaise qualité.

— Très bien, impatiente dame. Je m'explique. Dans la colonne du « Oui », vous avez cette émoticône souriante qui représente l'attitude positive et d'accueil que vous pouvez tenir quand la demande est formulée. Cela pourrait se traduire par un sourire accompagné d'un remerciement. Dans la colonne « Non », vous exprimez votre refus de la demande. Cela peut donc donner : « Merci Arthur pour ta demande, je suis toujours heureuse que tu m'impliques dans ce projet. Sur ce point en particulier, mon planning ne me permet pas de te répondre positivement, je te souhaite de trouver la ressource dans les meilleurs délais. » .

— Oui, je vois c'est plutôt rusé comme astuce. C'est un peu comme si je disais « oui » à la personne et « non » à la demande de la personne. Mais dites-moi, cela ne fonctionne pas seulement avec Arthur ?

— Vous avez tout compris, cette technique portera ses fruits dans de nombreuses situations variées. Le oui que vous exprimez en accueillant la demande transmet un message très positif au cerveau de votre interlocuteur. Le message est le suivant : « J'accepte la personne que tu es, la légitimité de ta demande, je t'accepte comme collègue ou comme hiérarchique ». C'est très important, c'est même essentiel. Nous avons tous besoin d'être acceptés pour ce que nous sommes dans notre univers professionnel ou personnel. Un non brutal, sans cette acceptation préalable, nous envoie un tout autre message. « Non seulement je ne souhaite pas faire ce que tu me demandes, mais je ne te reconnais pas comme légitime pour me demander cela. Je ne t'apprécie pas en tant que personne ». Une fois donc ce oui exprimé, illustrant cet accueil de l'autre, vous pouvez exprimer le non concernant la demande. Il acceptera d'autant plus facilement votre « Non » à sa demande si vous avez commencé par dire « Oui » à la personne qu'il représente pour vous. Voici donc le quatrième secret dévoilé aujourd'hui. Pour apprendre à dire non à quelqu'un, il faut en même temps dire oui à la personne et non à sa demande.

— Je comprends maintenant pourquoi j'avais tant de mal à dire non dans de nombreuses situations. Inconsciemment, j'avais peur de blesser. Je craignais, en n'acceptant pas la demande, que l'autre se sente rejeté en tant que personne.

À ce stade ma respiration reprend et je me rends compte que j'étais en apnées depuis de longues secondes. Ce type a un don pour me perturber.

— Mais qui êtes-vous au juste, Maxence ? Un mentaliste, un coach, un psy ? Je ne comprends plus.

— Je suis un artiste qui fait des spectacles de mentalisme, vous m'avez vu sur scène. Mais j'ai aussi un passé, et d'autres expériences m'ont amené à devenir la personne que je suis aujourd'hui.

— Et bien justement, je suis très intriguée, dites m'en plus et surtout dites-moi pourquoi vous m'aidez, pourquoi faites-vous cela ?

— Vous aurez vos réponses en temps voulu, Lucie.

Devant ma moue exprimant ma déception, il prend la peine d'ajouter.

— Une dernière chose, Lucie. Pour que vous puissiez progresser sur votre chemin et atteindre vos objectifs, je vous demande de vous astreindre à la discipline suivante. Vous allez acheter un carnet de notes que vous garderez toujours à portée de main. Ce sera le témoin de votre progression sur le chemin que vous avez choisi. Considérez-le comme une sorte de carnet de santé de votre moral, qui va contribuer à votre progression quotidienne. Chaque fois que vous en aurez envie, vous pourrez consigner dans votre carnet un élément positif à garder de votre journée. Ce peut être une discussion enrichissante ou drôle, la saveur d'un plat, une réflexion qui vous vient à l'esprit et que vous ne souhaitez pas perdre, tout ce qui vous passe par la tête en fait. J'insiste bien sur le point suivant : ces notes doivent être manuscrites. Vous les partagerez avec moi lors de nos rendez-vous du samedi matin.

Notre conversation se termine sur un monologue de ma part. Je lui retrace mon vécu familial, le manoir, le docteur et le cul-de-sac dans lequel j'ai la sensation d'être bloquée depuis tant d'années.

10

Arrivée chez moi, je reste pensive et encore immergée dans cet entretien si riche avec Maxence. Je me jette sur mon téléphone. Quelques messages en attente mais un seul appel, celui de Leila. Je la rappelle immédiatement et lui raconte ma rencontre avec Maxence, dans les grandes lignes sans rentrer dans les détails et sans mentionner cette histoire de secrets de peur qu'elle ne s'inquiète pour moi. Je l'imagine tout à fait me prévenir des craintes qui seraient sans doute les siennes si elle se trouvait à ma place. Et m'avertir de cette manière : « Tu es sûre qu'il ne fait pas partie d'une secte ton Maxence ? Et si ce n'est pas pour t'embarquer dans un truc louche, il doit bien s'intéresser à ton corps non ? »

Elle me propose d'aller au cinéma pour voir un de ces films romantiques français dont elle raffole. Elle sait que je n'en suis pas fan mais tente quand même le coup, car elle parvient tout le temps à me convaincre de l'accompagner. Et si, cette fois-ci, j'essayais la méthode de Maxence sur elle ? Je l'entends encore m'expliquer que cette technique fonctionne aussi bien dans le domaine privé que dans le champ professionnel.

— Dis, tu as envie de quoi ce soir ? l'interrogé-je avec légèreté.

— Aucune idée en tête et toi ? Ah si, j'ai une idée, tu sais que Guillaume Canet, mon beau gosse préféré, sort enfin son nouveau film. On pourrait aller à la séance de vingt-et-une heures à l'Odéon ?

Allez, je me lance, tentons le coup, me dis-je en laissant se dessiner sur mes lèvres mon plus beau sourire.

— Tu sais quoi ? démarré-je avec entrain. Je te kiffe tellement quand tu me parles de ton beau gosse de classe internationale ! En plus tu es tellement belle en ce moment que tu mérites de le rencontrer en vrai et pas au cinéma. Et c'est pour cela que j'ai envie de te faire une autre proposition. Donnons-nous la chance de le rencontrer en vrai ton beau gosse. Tu en penses quoi ?

Deux minutes plus tard, Leila a non seulement accepté de renoncer au film qu'elle avait envisagé mais a également accueilli avec enthousiasme ma proposition de découvrir ce nouveau rooftop dans le sud de Paris où, selon mes dires, nous allions maximiser nos chances de faire des rencontres intéressantes. Ou à tout le moins de passer une soirée agréable dans un lieu nouveau avec une musique au top.

Dire oui à la personne et non à la demande de la personne. Très précieux ce secret numéro quatre et je ne compte pas l'oublier.

Leila et moi arrivons sur le toit du parking réaménagé où nous comptons passer notre soirée. Le soleil se couche sur Paris dans un éclat orangé à ce point éblouissant qu'il relègue au second plan les vrombissements du périphérique voisin. Une musique alternant guinguette française et l'électro la plus récente, des produits bien de chez nous comme les rillettes et le saucisson. Un vin à l'enseigne du lieu. Des grandes tables en bois à partager à douze personnes ou plus. Le concept aurait pu être inventé par une Édith Piaf du 21e siècle. Et c'est vrai que cela marche, les voisins se parlent et bougent leur corps sur la piste en bois délimitée par un cercle de guirlandes multicolores. Les Parisiens apprécient cette ambiance de village, qu'ils n'ont pour la plupart jamais connue. Les touristes découvrent une version de la France en images d'Épinal. C'est souvent ce qu'ils sont venus chercher en achetant leur billet d'avion pour Paris, capitale touristique mondiale. Bref, tout le monde y trouve son compte, une réussite commerciale qui se multiplie aussi sur d'autres barges du bord de Seine à différents endroits de Paris.

Leila m'attaque directe sur ma dernière rencontre avec mon nouveau Gourou, selon sa propre expression.

— Dis donc ma belle, es-tu sûre qu'il n'attend pas de l'investissement qu'il fait sur toi un retour plus palpable ? s'enquiert-elle en me pinçant la cuisse avec un clin d'œil moqueur.

Et voilà, cela n'a pas trainé. Je rigole franchement, je la connais trop bien, ma Leila. Son impertinence est au service de la vivacité de son esprit. Son épaisse chevelure ébène et ses yeux sombres accentuent l'impression d'intelligence vive qui la caractérise. Je vais tout de même devoir rassurer la belle Leila.

— Non je te l'ai déjà dit, l'homme est marié et bien marié, j'ai croisé sa femme dès notre première rencontre. De plus, ce n'est pas le genre à dissimuler son alliance. Il m'a même précisé que sa femme, comédienne de théâtre, tenait une place centrale dans sa vie et qu'ils étaient très heureux. Son intérêt pour moi est basé sur autre chose, je t'avoue que c'est encore un mystère qu'il me faudra éclaircir. Je l'ai questionné là-dessus, il m'a répondu qu'il était encore trop tôt pour me révéler ce secret-là. Mais qu'il le ferait le temps venu.

Le dimanche matin, j'inscris dans mon carnet la liste des quatre secrets que Maxence m'a partagés. Rien de très génial à mon goût mais, c'est ce qu'il m'a demandé de faire, il doit y avoir une raison. Je lui écris aussi une lettre. Une page recto verso de notes et de pensées éparses glanées au rythme de me flâneries et des moments de vie de mes journées. Je glisse également dans l'enveloppe un sous-bock de bière à l'effigie de l'enseigne du lieu d'hier soir.

11

Ce lundi promet de ne pas ressembler à l'habituel début de semaine de ma tour et de son univers ultra bétonné. Ce matin, nous avons tous rendez-vous sur le parking de l'esplanade où un mini bus siglé « Château Bonheur » nous attend. Les dix membres du projet « transformation digitale » auquel j'appartiens ont été conviés à participer à un séminaire « outdoor », comprendre à la campagne. Je suis assez excitée, je l'avoue, de découvrir le concept des « Château Bonheur » que m'a vanté une ancienne collègue. « La formule casse les codes classiques de l'hôtellerie », m'avait-elle expliqué enthousiaste. « Tu es accueillie par la famille qui dirige le château et habite sur place. Les hôtes se joignent à leur personnel pour rendre ton séjour agréable, on ne se croit pas du tout dans un hôtel. »

Après une heure de route, nous arrivons dans une très belle propriété, qui même si elle ne ressemble pas tout à fait à l'idée que je me fais d'un château, reste une impressionnante demeure. Cédric et Alexandra nous souhaitent la bienvenue et nous invitent à prendre possession d'un immense living d'au moins deux-cents mètres carrés. Un piano demi-queue occupe un angle, bordé d'une guitare et de divers instruments à percussion. Je m'étonne de leur présence quand Romain me jette un clin d'œil.

— On se fait un bœuf ce soir, Lucie ?

À part des castagnettes, songé-je, je ne vois pas comment je pourrais contribuer.

Presque l'intégralité du fond de salle est occupée par un bar en bois massif. Nos hôtes nous expliquent que selon le concept des « Château bonheur », le personnel a pour mission de remplir le bar des boissons et divers accompagnements dont les invités ont besoin. Nous sommes les invités, c'est comme cela qu'ils nomment leurs clients. Cela donne un effet de « comme à la maison » et nous éloigne des codes traditionnels de l'hôtellerie d'affaires. Pas de barman pour effectuer le service. De manière à rester raccord avec la conception générale « Château Bonheur » et favoriser l'appropriation du lieu par les clients, nous sommes incités à créer nous même les cocktails que nous souhaitons consommer. Pas idiot, me dis-je, s'il y a un atelier cocktail ce soir, je tenterais bien ma chance. Ma virtuosité s'exprimera mieux à mixer une Caïpirinha qu'à accompagner Romain au piano.

Mais ne nous emballons pas, avant les cocktails une journée studieuse nous attend. Avec Arthur aux commandes, je crains le pire. Nous pénétrons dans une salle de formation des plus classiques. Tables disposées en U, paperboard et vidéo projecteur. Un homme, chemise blanche et jean à l'allure détendue mais travaillée, nous accueille et se présente comme le coach qui animera notre séminaire de deux jours. Je me détends. Cet animateur me fait une bonne première impression et visiblement c'est lui et non Arthur qui prendra en main ces deux jours. Et bien cela va nous faire des vacances.

Il nous invite à nous présenter de manière assez perturbante. Pour moi qui ne suis pas une bête de scène, parler de moi constitue toujours une épreuve. Je me replonge dans l'expérience que j'ai vécue sur scène avec Maxence. Je visualise les projecteurs, les rangées de spectateurs et je me souviens que j'ai passé cette épreuve avec brio une première fois. Je réalise alors qu'il n'y a pas plus de danger dans cette salle de séminaire, bien au contraire. Imprégnée de cet état d'esprit, je me présente avec une aisance et un naturel que je ne me connaissais pas. Arrive le moment où nous devons, en sous-groupes, construire et exposer notre vision du projet de digitalisation de notre entreprise. Je soupçonne Arthur d'avoir un peu forcé les choses pour que je me retrouve dans son groupe.

Nous brainstormons à quatre sur notre vision, le débat fait rage, Arthur est partisan de la création d'un chatbot pour notre compagnie d'assurance. Véritable petit robot informatique qui serait en mesure de fournir une réponse intelligente et argumentée à toutes les demandes de nos assurés. Et cela sans intervention humaine. C'est indéniablement une avancée, mais selon moi nous devons aller plus loin et je plaide pour la création d'une intelligence artificielle. Cet outil me semble plus performant qu'un simple chatbot pour discuter avec nos assurés et permettrait d'enrichir la relation clients grâce à une gamme de services complémentaires. Mon fidèle Romain me soutient et m'assure qu'un assistant comme celui-là pourrait être intégré dans l'intelligence artificielle de nos téléphones. Arthur se montre d'abord réticent. L'homme n'aime pas être contredit, surtout par moi. Mais lorsque Romain et moi lui détaillons le bouquet de services que pourrait intégrer notre intelligence artificielle, il se rallie à notre idée. Une première victoire sur mon dragon personnel que je savoure en le gratifiant d'un grand sourire.

Le reste de la journée est consacré à la mise en forme de notre idée. Armés de ciseaux, de marqueurs de couleurs, de pâte à fixe et de vieux magazines hétéroclites, nous attaquons une activité agréable et ludique. Notre mission : représenter de manière visuelle et fun notre vision du projet. Romain se déchaine et sa créativité trouve sa pleine dimension. Et après quarante-cinq minutes de travail, nous contemplons une fresque murale que je prends immédiatement en photo pour la poster aussitôt sur Instagram. Je n'arrive pas à faire grimper mon nombre de followers et cela me soucie.

En fin de journée arrive le moment de présenter notre travail à l'ensemble du groupe. Un vote à main levée permettra in fine de désigner le projet le plus convaincant. Nous nous partageons le temps de parole et je ne m'en sors pas trop mal, la présence de Romain à mes côtés me rassure et je constate que sa décontraction est contagieuse. Arthur conclue notre prestation en soulignant les bénéfices pour notre compagnie de cette d'intelligence artificielle. Une fois toutes les présentations terminées, nous passons au vote. Je stresse un peu à la perspective que nous n'obtenions pas le succès espéré. Mais mes craintes sont vite balayées par la forêt de mains qui s'élèvent pour apporter leur soutien à notre idée, qui obtient ainsi le titre honorifique de projet le plus convaincant, face à ceux des six autres groupes.

La partie studieuse de la journée se termine enfin. Durant le diner, un petit concours est lancé par Cédric, notre hôte. Le jeu consiste à distinguer, à l'aveugle, un vin de Bordeaux d'un vin de Loire. Attraper le verre, un bandeau sur les yeux, constitue pour moi le premier challenge. Si je parviens à tremper mes lèvres dans les deux verres sans en renverser le contenu, ce dont je ne suis pas peu fière, j'échoue lamentablement au blind test. Je découvre toutefois avec étonnement qu'être privée de la vue permet à mon palais de mieux se concentrer sur les saveurs que j'ai en bouche. Malheureusement, je ne suis pas assez connaisseuse pour savoir distinguer un vin d'un autre. Mais je me console, convaincue que l'atelier cocktails m'apportera ma revanche.

J'ai toujours eu un faible pour les bars des grands hôtels. Leur majesté mobilière en impose d'elle-même. Bois massif, zinc, coupes en cristal et seaux à champagne sortent le lieu de la banalité de la rue que vous venez de traverser pour rentrer dans l'établissement. Un ami magicien m'avait donné en cadeau la réflexion suivante, un soir que nous dégustions un white russian dans un des hôtels parisiens qu'il affectionne : « Un serveur de bar à cocktails, c'est l'association du nez du parfumeur à l'agilité du prestidigitateur ». La pertinence de cette définition me frappe encore aujourd'hui. Il avait développé son propos en me précisant que la racine même du mot prestidigitation vient de deux mots italiens *presti* et *digit*, que l'on pourrait traduire par les doigts rapides. En effet cela faisait clairement sens.

Je me glisse derrière ce magnifique bar avec un peu d'émotion et un sentiment confus d'illégitimité. Sans en avoir le talent, je me lance dans la confection de cocktails comme un DJ rentre dans son monde, les écouteurs rivés sur les oreilles, et prend en main ses platines devant une assistance remplie de clubers en attentent de décibels. Je commence par quelque chose de simple, des mojitos, et contre toute attente, mes trois premiers cobayes semblent apprécier leur boisson. Face à ce premier succès, les commandes affluent et je me retrouve submergée de demandes parfois exotiques. Heureusement que quelques fiches de recette me rappellent les fondamentaux des mélanges à opérer pour satisfaire mes collègues. Le résultat réjouit l'assemblée, on me remercie, on trinque à ma santé, je suis comblée.

Arthur lève son verre et s'adresse à l'ensemble du groupe.

— Le travail que nous avons accompli aujourd'hui a été très productif. Je vous en remercie sincèrement et notamment toi, Lucie, puisque tu es à la source de l'idée. Vous ne le savez pas encore, mais dans cinq mois un grand événement sera organisé pour présenter à la direction générale France et à tous les dirigeants de filiales notre stratégie digitale pour l'année prochaine. C'est aussi pour cela que j'ai organisé ce séminaire. Pour nous permettre de faire émerger ensemble le meilleur angle d'attaque qui nous permettra de clouer sur place la concurrence. C'est donc le projet d'intelligence artificielle qui a été retenu suite à notre vote et je compte sur vous tous pour m'épauler dans la construction de ce projet que je présenterai en plénière au groupe.

Mon cerveau fait trois tours sur lui-même, mon

estomac se noue en assimilant ce que je viens d'entendre. Le mielleux, le fourbe, le traitre ! Il veut me voler mon idée, mon rôle, prendre la gloire et les retombées et me laisser dans l'ombre ! Mais il n'est pas mon hiérarchique, il n'est pas question que je me laisse blouser une fois de plus. Je m'apprête à protester, à lui expliquer qu'il outrepasse ses fonctions, à lui rappeler avec moultes détails le contenu de ma mission. Mais avant que les mots franchissent le seuil de mes lèvres, je revois en pensées le regard bienveillant de Maxence et entends sa voix dans mes oreilles. Dire « oui » à la personne et « non » à la demande. Alors je prends une grande inspiration et transforme mon expiration en un sourire large et soutenu.

— À mon tour de te remercier, Arthur, et je ne pense pas être contredite par qui que ce soit ici en te disant que nous passons tous un excellent moment.

L'ensemble de l'équipe approuve gaiement.

— Pour ce qui concerne ce projet d'intelligence artificielle, continué-je, je vois les choses différemment. Il rentre à cent pour cent dans mon champ d'actions. C'est donc à moi de présenter le projet et Romain m'appuiera sur les aspects les plus techniques.

Arthur ouvre la bouche comme pour prononcer quelque chose mais rien de clair ne passe la barrière de ses lèvres. Je fais comme si tout était normal et ne montre pas à l'extérieur le volcan qui s'est réveillé au tréfonds de moi. Ce que je viens de réaliser est énorme ! J'ai terrassé le dragon ! J'ai envie d'exploser de joie, de jeter des paillettes multicolores en l'air. Mon excitation est telle qu'il faut que je m'éloigne rapidement du groupe, incapable de contenir mon envie de sauter sur place.

— Romain, si nous allions le faire ce bœuf ? J'ai vu un tambourin qui attend d'être utilisé. Il me semble avoir le sens du rythme, finalement, dis-je dans un souffle.

De retour dans ma chambre mon regard tombe sur mon carnet, posé sur le bureau. Malgré la fatigue qui plombe mes paupières, je décide d'y retracer les évènements de cette journée si excitante. Lorsque je repose ma plume, je constate avec surprise que j'ai rempli deux pages entières. Assez fière de moi, je savoure déjà le plaisir de partager cela avec Maxence lors de notre prochain rendez-vous.

Le lendemain matin, démarrage de la journée avant le petit déjeuner dans le parc du Château. À huit heures cinq, tout le monde est réuni et je me félicite de ne pas avoir abusé des cocktails hier soir. Lorsque Benjamin, notre coach pour ces deux jours, nous avait conviés si tôt en spécifiant bien de venir en tenue de sport, nous avions soupçonné et craint une activité physique. En jetant un coup d'œil circulaire au groupe, je me rends compte que malgré cet indice évident, tout le monde ne s'est pas montré aussi raisonnable que moi. Deux de mes petits camarades ne sont clairement pas très frais mais réalisent de grands efforts pour le dissimuler. J'ai presque de la peine pour eux.

Nous allons pratiquer du Qi Gong. Comme la plupart de mes collègues, je ne connais cette activité que de nom. Benjamin nous explique qu'il s'agit d'une gymnastique traditionnelle chinoise qui associe mouvements lents, exercices respiratoires et concentration. A coup sûr une pratique qui plairait à Maxence, songé-je avec amusement. Le premier exercice consiste à trouver son ancrage optimum dans le sol en pratiquant la position de l'arbre. Je détaille la posture à tenir. Je fléchis les genoux et tends mes bras en cercle devant moi comme si je faisais un câlin à un tronc d'arbre. Vraiment rien de difficile à cela, si ce n'est que cela devient vite barbant. Aucune difficulté musculaire à tenir la position mais une furieuse envie de réaliser des moulinets avec mes bras, bouger, sauter, danser, me lancer dans une série de gainages. Enfin faire quelque chose d'utile plutôt que rester immobile comme cela.

Le reste de la matinée est consacrée à la mise en place de notre « vision du développement de notre projet d'équipe » pour les six prochains mois. Je profite des vingt minutes de pause pour sortir sur la terrasse avec mon papier à lettres et la ferme intention de partager ma soirée d'hier avec Maxence.

Cher Maxence,

Hier soir, j'ai fait quelque chose de complètement nouveau pour moi. Je me suis affirmée face à Arthur et je me suis engagée devant toute l'équipe pour prendre le pilotage de la présentation de notre projet professionnel devant les huiles du groupe. En vous écrivant, je me rends compte que cela ne fait pas une mais bien deux énormes réalisations qui vont avoir un impact extrêmement fort sur mon quotidien dans les prochains mois. C'est simple, je ne me reconnais pas. Ce ne peut pas être moi qui ai dit et fait cela tant cela me paraît limite dément. Pour tenir tête à Arthur, j'ai appliqué votre méthode du savoir dire non. Mais rien qu'à l'idée de me retrouver devant une salle avec les cent cadres les plus gradés de ma boite, j'en éprouve un frisson d'angoisse par anticipation, et c'est dans cinq mois !

Les cocktails et la chute d'adrénaline m'ont assommée la nuit dernière, mais dès ce soir je pense que je vais de nouveau concourir pour le championnat de calcul mental de moutons. Une ribambelle de nuits blanches me guette avant d'arriver à cet événement.

Vos conseils me seront précieux, je suis impatiente de vous voir samedi.

Lucie

12

Ouvrir la boite aux lettres redevient un plaisir. Aujourd'hui, je repère d'un rapide coup d'œil un courrier de Maxence se cachant au milieu de lettres administratives.

À l'ouverture de l'enveloppe, je découvre deux feuillets et autre enveloppe, plus petite qui m'échappe et atterrit sur le sol de ma cuisine. Je la ramasse, étonnée, et la pose sur la table, préférant me consacrer tout d'abord à la lecture du courrier principal.

Bonjour Lucie,

Le sujet du jour sera la relation avec votre père. Je vous remercie pour le récit que vous m'avez fait de vos échanges et de leur complexité. Comme vous le savez, quand il s'agit de relations humaines, l'angle de vue que l'on prend pour regarder les choses impacte ce que l'on voit. Là où vous voyez de la dureté, je vois de la maladresse à exprimer son amour et sa tendresse. Je pense que votre père vous aime, Lucie. Vous êtes même si importante pour lui qu'il ne parvient pas à vous l'exprimer. Et ni vous ni lui n'avez encore trouvé la langue commune qui vous permettrait de vous comprendre. Je vous renvoie ici au secret numéro deux que nous avons déjà exploré ensemble. En fait, vous avez l'impression de parler la même langue parce que vous êtes de la même famille. Mais vous constatez que vous êtes des étrangers l'un à l'autre.

Vous m'avez vu sur scène lors de mon deuxième spectacle deviner la personnalité de Thibault. Cette performance semble impressionnante, mais je vous assure qu'elle l'est beaucoup moins quand on connaît certaines théories psychologiques qui donnent l'essentiel des clés de compréhension des autres.

Je vais vous parler plus précisément des cinq

portes qui permettent d'identifier le type de personnalité, en l'occurrence celui de votre père. Pour passer la première porte, on s'intéressera aux mots prononcés. Vous le savez, les mots, comme les meubles d'une pièce, en disent long sur les gouts, les valeurs d'une personne. Ensuite, pour ouvrir la deuxième porte, nous nous attarderons sur le ton de la voix qui va apporter un éclairage important sur les mots choisis. Les mêmes mots prononcés avec différentes modulations vocales produisent des sens qui peuvent s'opposer. La troisième porte à franchir nous amène à observer les expressions du visage ou mimiques qui appuient et constituent une forme d'emballage cadeau aux mots et au ton de la voix. La quatrième porte s'ouvre sur les gestes qui accompagnent les points précédents. Effusion de mouvement ou grande sobriété accentueront ou diminueront l'impact des mots, du ton de la voix et des mimiques. Enfin la cinquième et dernière porte à franchir ouvrira sur l'observation de la posture physique globale.

Si vous gardez ces cinq portes en tête quand vous

êtes dans un échange avec quelqu'un, vous branchez votre caméra de décodage des personnalités.

Mais revenons maintenant au cas particulier de votre relation à votre père. Comment lui appliquer le secret des cinq portes pour rétablir une relation saine et équilibrée entre vous ? Vous m'avez assez bien décrit les scènes au cours desquelles il vous assenait ses trois lois. Décodons ensemble cet épisode. Les mots principaux qu'il a choisi d'utiliser sont « règles d'or », « vocation » et « travail ». Nous sommes indiscutablement ici dans l'expression de valeurs. Cela vous donne une indication précieuse, mais poursuivons notre investigation. Je n'ai pas entendu le ton de sa voix, mais la vôtre quand vous avez « joué » cette scène pour moi était forte, affirmative et ferme. J'en déduis que vous avez mimé le sien. Encore une indication précieuse à conserver pour dessiner le profil de notre sujet. Je suppose que, comme pour la voix, vous avez aussi imité les expressions de son visage. Votre visage a développé une expression qui n'est pas du tout commune chez vous. J'ai pu observer l'apparition de cette ride entre vos yeux que l'on appelle la ride du lion. Vous savez, cette barre verticale qui surgit entre les deux sourcils en cas de froncement prononcé. Cette expression du visage accentue la dureté du regard.

Nous avons assez d'indices pour identifier la personnalité de votre père. Ses deux moteurs principaux sont « sois fort » et « sois parfait ». Les moteurs sont des petits programmes implantés dans notre tête qui nous font penser et agir d'une certaine manière. À l'époque, il vous exprimait ses convictions sans avoir conscience que vous pouviez les recevoir de manière négative.

Réalisez bien qu'il n'avait pas une conscience claire de la violence de ses injonctions. Il ne disait pas cela pour vous torturer, mais bien au contraire pour vous aider à rentrer dans la vie qu'il savait bonne pour lui et qu'il pensait sincèrement bonne pour vous. Pour compléter le tableau de la personnalité de votre père, on pourra noter la faible présence du moteur « fais plaisir ». Cette quasi-absence de ce moteur s'illustre par le peu de gestes d'affection ou d'attention empathiques qui s'échangent entre vous et dans votre famille d'une manière plus générale. Il n'arrive pas à exprimer son empathie à votre égard. Cela ne veut bien sûr pas dire qu'il ne vous aime pas. Il a une vraie difficulté à s'exprimer sur ce registre. C'est comme voyager dans un pays lointain et étrange pour lui. Donc il compense sur le registre du travail. C'est sa manière à lui, plutôt inadaptée ou tout du moins mal habile, de vous montrer qu'il se soucie de vous.

Quand vous lui avez annoncé que vous ne souhaitiez pas embrasser sa vocation, il a reçu cette information comme une rupture sur ses deux moteurs principaux. Vous lui disiez indirectement « je ne suis pas parfaite » et « je ne suis pas forte ». Il ne pouvait que mal le prendre, d'où l'éloignement que vous subissez depuis cette période.

Pour finir, je vais vous proposer une approche pour rétablir le lien avec lui et repartir sur une nouvelle voie. Ce que je vous demande de lui dire est à la fois très simple et très compliqué. Je vous laisse imaginer les circonstances dans lesquelles vous pourrez mettre en application ce conseil. Il faudra trouver le bon moment. Cela nécessitera que vous employiez les bons mots et que votre voix exprime votre sincérité et votre authenticité. Vos gestes et votre posture corporelle devront également être en complet accord pour que votre message soit reçu sans ambiguïté.

Lucie, ce que vous avez à faire est écrit dans la petite enveloppe qui accompagne cette lettre. Je vous conseille de ne pas ouvrir cette enveloppe maintenant. Emportez-la avec vous lors de votre prochain déjeuner chez vos parents. Et sur place, je suis certain que vous trouverez le bon moment pour en prendre discrètement connaissance.

Maxence

Je lève les yeux, encore plongée dans mes pensées. Lire que mon père m'aime me bouleverse plus que je ne voudrais l'avouer. Je meurs d'impatience de mettre en pratique les conseils de Maxence et de découvrir ce qui se cache dans la mystérieuse petite enveloppe qui attend sagement sur la table. Je résiste néanmoins à la tentation d'en prendre connaissance tout de suite et reporte mon attention sur la lettre principale. Elle lettre ne répond pas à la mienne, elles ont dû se croiser. Un phénomène étrange que seul l'échange de courrier physique peut produire. J'aime assez cette approximation que génèrent ces échanges non digitaux. Cela m'évoque les grandes œuvres littéraires basées entièrement sur des conversations épistolaires. À commencer par « Les liaisons dangereuses » de Choderlos de Laclos. En cette fin de 18e siècle, pas d'email ni de messagerie. Aucun site ni appli ne permettait de faciliter les débuts d'une relation amoureuse. La poste était bien sûr plus lente et incertaine. Aujourd'hui, le flux imperturbable de la course des données à grande vitesse sur le net nous a installés dans un mode de constante instantanéité. Mais à cette époque, il fallait supporter l'attente, dompter son impatience, et parfois survivre au désespoir de ne pas recevoir une réponse. Puis s'émerveiller de l'arrivée du courrier que l'on croyait perdu. Témoignage tangible et palpable de l'attention que l'autre nous porte. Et si la lenteur de la communication par courrier papier augmentait la puissance du sentiment ou du lien qui unit les deux protagonistes ? La correspondance papier est lente et attendre la réponse de l'autre provoque de nombreux sentiments ambivalents. Je m'imagine, jeune-femme du 18e siècle, me languissant de la missive de mon prétendant. Va-t-il me répondre ? M'a-t-il oubliée ? Je suis impatiente, je veux une réponse rapide ! Je m'ennuie, pourquoi ne me répond-il pas ? Il ne s'intéresse plus à moi ?

Avons-nous perdu quelque chose avec cette instantanéité de la communication ? La lettre papier en main, je pèse le poids de cette perte et je m'imprègne physiquement de ce constat. Et si nous avions perdu l'espace-temps nécessaire à l'accueil de l'autre dans notre imaginaire ? Et si ces moments d'attente fébrile du courrier de l'autre, successions de minutes et de jours apparemment inutiles, constituaient la quintessence de la passion ? Et si l'attente était le carburant de l'amour ? Notre monde de l'immédiateté nous condamnerait-il à passer à côté de ce merveilleux frisson ? Je regarde mon téléphone et je me remémore toutes les relations factices que j'ai pu nouer en quelques coups de pouce. C'est vrai que cela reste léger et facile. Aujourd'hui, avec du recul, je perçois cette nouvelle forme d'insoutenable légèreté de l'être. Je ne suis pas sommée de répondre ou de réagir d'un clic rapide et automatique sur l'émoticône qui sera censée exprimer la quintessence de mon état d'esprit. Je suis libre.

13

Le Parc Monceau entre dans la période estivale et la chaleur de ce début d'été semble donner de nouvelles permissions aux promeneurs. Les tenues plus légères confèrent aux mouvements plus d'amplitude et parfois même une certaine grâce remplace les gestes habituellement convenus et pressés. Les déplacements affairés des avocats sortant de leur cabinet pour se rendre au métro sont évincés par les papas en baskets qui jouent au frisbee avec leurs enfants. Cette cool attitude généralisée ne paraît pas avoir d'emprise sur moi. J'ai eu quelques jours pour cogiter les événements du séminaire. Le silence d'Arthur depuis notre retour ne laisse rien augurer de bon et mes nuits se sont mises à ressembler à de grands tunnels éveillés longs et pénibles.

Contournant une modeste pyramide d'inspirations égyptienne, mon œil capte la silhouette maintenant familière de Maxence. Il marche dans une allée parallèle à la mienne. Son allure fait émerger en moi un mélange de sentiments. Le rythme soutenu de ses pas lui donne une certaine détermination. Associé à son port de tête haut, son regard scrutateur semble en perpétuelle observation de ce qui l'entoure. Un peu comme s'il doutait de sa destination. Cela pourrait également être interprété comme l'attitude d'un homme qui s'offre la possibilité de modifier sa trajectoire à tous moments. Un de ses mouvements d'observation l'amène à poser son regard sur moi. Il me gratifie d'un discret signe de la main pour me signifier qu'il m'a bien vue. Il prend la bifurcation suivante et me rejoint en moins d'une minute.

— Bonjour Lucie, que diriez-vous de poursuivre notre déambulation ensemble ?

— Oui, d'accord, déambulons, acquiescé-je avec un petit rire intérieur.

Cet homme utilise parfois des expressions

rustiques qui me donnent le sentiment qu'il vient d'une autre époque.

— Dans quel état d'esprit êtes-vous depuis votre dernière lettre, que j'ai lue avec attention ?

— Dans quel état d'esprit je suis ?

Ma première réponse est un grand soupir accompagné d'un mouvement de tête vers mes pieds. Je me perds quelques secondes à contempler les traces de sable blanc qui commencent à couvrir le joli daim noir de mes chaussures préférées. Puis, je redresse les yeux et je sors d'une voix déterminée tintée du tourment qui m'assaille en même temps :

— Je me sens au bord du rouleau ! Voilà comment je me sens.

J'adore cette expression prisée par mon amie Leila. Elle combine le bord du gouffre et le bout du rouleau. Oui, c'est à peu près à cet endroit précis que je me visualise en ce moment. Certes, j'ai remporté une petite victoire sur Arthur. Nous ne sommes pas en guerre mais depuis, je sens qu'il m'évite. Il doit lui falloir un peu de temps pour digérer l'apparition de la nouvelle Lucie. Plus confiante, plus assurée et capable de défendre ses intérêts avec habileté. C'est bien cette Lucie-là qui a plongé toute seule comme une grande dans ce projet qui va la conduire inéluctablement, dans moins de cinq mois, sur le devant de la scène. Une présentation dont je serai la star en première ligne, face aux deux-cents grands chefs de la boite !

— Hum, commente sobrement Maxence.

Puis, comme pour appuyer son propos, il pointe son doigt vers un arbre à quelques pas de nous et il enchaine.

— J'ai traversé il y a quelques années une période difficile dans ma vie. Il m'a fallu dépasser une épreuve douloureuse et faire des choix importants. Et bien voyez-vous, dit-il en désignant de la main un arbre de taille moyenne en rien très différent des autres arbres du parc, c'est cet arbre qui m'a aidé à dépasser cette épreuve et à me relever. Je suis venu ici pendant dix-huit mois, cinq matins par semaine, pour pratiquer un art martial d'inspiration chinoise. Et chacun de ces matins, j'ai entouré cet arbre de mes bras et je lui ai demandé de me soutenir dans mon projet de changement. Je lui ai demandé de me communiquer le secret de la force de son enracinement.

Il pose délicatement sa main sur l'écorce dont nous nous étions rapprochés.

— Et vous savez quel est ce secret ? continue-t-il.

— Non, dis-je dans un état de conscience cotonneux, comme si nous avions ouvert une parenthèse qui nous extrayait de la vie courante, une sorte de bulle enchantée au centre de laquelle se trouve un secret qu'il s'apprête à me révéler.

— Son secret, m'annonce-t-il, et bien il m'a fallu de nombreux mois pour le percevoir et le comprendre. Une fois accepté, il s'est révélé très simple et très complexe à la fois. Cet arbre m'a dit « J'aime la terre dans laquelle je suis planté ».

Le regard de Maxence se reporte alors sur moi, j'y vois intelligence et bienveillance. Un mouvement de ses sourcils me signifie qu'il m'interroge et attend une réaction de ma part.

— Je vous avoue que je ne sais pas quoi penser de ce que vous me dites, avoué-je.

Car, comme à mon habitude, je ne comprends pas tout de suite le message qu'il tente de me faire passer.

— Lucie, votre confusion, à ce stade, est tout à fait normale. Vous partagerez, je pense, sans difficulté avec moi le constat suivant. Contrairement aux arbres, nous humains, sommes dotés de la magnifique capacité de nous déplacer. Cela signifie que quand nous n'aimons pas la terre dans laquelle nous sommes plantés, nous pouvons nous déplacer vers une autre terre, même si ce n'est pas si aisé que cela. C'est l'histoire éternelle des migrations d'un territoire à un autre. Cela se traduit aussi par notre envie de quitter un poste ou une entreprise pour une autre. Parfois, les conditions de déplacement sont tellement contraintes que nos mouvements sont réduits. Immobilisés dans une terre inhospitalière, comme l'arbre, nous pouvons dépérir. Certaines situations nous permettent aussi de nous adapter et de survivre dans un environnement qui ne nous est pas favorable.

— D'accord je vois à peu près où vous voulez en venir. Mais en quoi cela va-t-il m'aider pour me préparer à l'épreuve qui m'attend ?

— Il va falloir apprendre à vous enraciner, me révèle-t-il dans un sourire dénué de toute ironie.

— Et pour cela je vais devoir venir ici tous les matins pendant dix-huit mois, grimacé-je avec la moue d'une marathonienne exténuée.

— Cela a été ma solution à moi, confirme Maxence, mais il y en a d'autres. J'ai en tête une approche plus rapide, mais plus intensive. Avez-vous la possibilité de prendre une semaine de vacances ?

— Oui, c'est encore possible, je n'ai d'ailleurs encore rien planifié.

— Parfait, connaissez-vous la Dordogne ?

— Et bien, pas vraiment en fait, confié-je tout en essayant de rassembler mes connaissances de la géographie française.

— TGV jusqu'à Bordeaux, une courte correspondance en intercités et ensuite une navette vous conduira sur le site.

— Le site… dis-je perdue, quel site ?

— Le lieu s'appelle le Hameau des Pommiers, c'est une communauté bouddhiste zen. Une des plus importantes d'Europe.

Ouh là, c'est quoi ce plan ?

— Maxence, je dois vous dire que je ne suis pas trop branchée religion, protesté-je d'un ton diplomatique. Je suis bien baptisée catholique mais je n'ai jamais pratiqué et je ne me sens pas vraiment attirée par cela.

Maxence me dévisage avec sa bienveillance habituelle.

— Aucun problème, m'affirme-t-il avec assurance. Il s'agit d'une retraite d'initiation à la méditation, pas d'un embrigadement dans la religion bouddhiste. La grande majorité des gens qui viennent pour ces retraites ne sont pas bouddhistes et ne souhaitent pas le devenir.

— Ah, mais pourquoi consacrent-ils une semaine de leurs congés à cela alors ? questionné-je naïvement.

— Ils viennent apprendre à s'enraciner. Et cela passe par la pratique de la méditation. Et il faut bien reconnaître que les moines du Hameau des Pommiers sont les champions olympiques de la discipline.

Je hausse un sourcil intéressé.

— Vous y êtes allé ?

— Bien sûr, me répond-il en riant, et plusieurs fois. Si vous souhaitez que je continue à vous aider, voici donc votre prochaine étape. Je vous laisse vous organiser, vous verrez, ils donnent beaucoup d'informations pratiques sur leur site internet. Mais ne tardez pas, vous n'avez pas tant de temps que cela. Le secret numéro cinq que nous avons découvert aujourd'hui concerne l'ancrage et la stabilité : « J'aime la terre dans laquelle je suis planté ».

Sur cette déclaration finale à la tonalité d'un compte à rebours, il me salue et s'éloigne avec la même démarche attentive et volontaire qu'il avait à son arrivée. À peine a-t-il tourné dans l'allée suivante que je saisis mon téléphone et rédige un message lapidaire à Leila.

< On se voit ce soir, j'ai une importante décision à prendre. J'ai besoin de toi ! >

14

Leila respire doucement à mes côtés dans ce TGV à la destination improbable. Elle dort depuis une quinzaine de minutes et je regarde ses mèches noires avec tendresse. Je savoure ma chance de l'avoir comme amie. Je n'en reviens toujours pas qu'elle ait accepté de me suivre « dans mon délire ». Pourtant la discussion ne s'était pas bien engagée. Trois semaines plus tôt, je lui avais annoncé mon intention de partir pour cette retraite méditative. Cette déclaration avait tout d'abord été accueillie par un fou rire franc et inextinguible. Mes confirmations et hochements de têtes censés affirmer fièrement ma conviction n'y avaient rien changé. Elle se foutait de moi sans aucune retenue. Il m'avait fallu quinze bonnes minutes pour lui présenter les raisons et les détails de ces vacances si particulières.

— Franchement tu pars en délire complet avec ton mentaliste, m'avait-elle lancé, les yeux pétillants de malice. Et d'ailleurs, nous n'avions pas prévu d'aller enchainer les soirées blanches au Club Med cet été ? avait-elle ajouté avec un sourire perfide.

— Si, c'était le plan initial, avais-je concédé. Mais là, tu comprends, je ressens le besoin de donner du sens à ma vie et j'ai très envie de partager ce moment avec toi.

Elle avait fini par lâcher les armes après que j'ai évoqué l'aspect cure de bien-être sur le mode végane et sans alcool. La perspective de se nettoyer de l'intérieur lui donnait clairement une raison de venir, cela ne devait pas être étranger à sa lecture frénétique de magazines de santé recommandant ce genre de régime alimentaire. Adepte des apéros et des planches de charcuterie, cette dimension-là devient chez moi rapidement synonyme de longues privations et de soirées tristes à mourir.

Nous nous étions donné le dimanche pour

réfléchir. Lundi en fin de matinée, nous avions toutes les deux obtenu l'accord des ressources humaines pour partir trois semaines plus tard. Les soirées alcoolisées attendraient, nous venions de signer pour les assiettes de légumes, le thé vert et le calme, d'autres découvertes nous tendaient les bras. Il y a un point dont je n'avais pas encore parlé à Leila, elle l'apprendrait bien assez tôt. Les téléphones sont interdits sur le site. Et ça, je pense qu'elle va avoir du mal à le digérer et elle ne sera pas la seule… Depuis quelques années, la première question que je pose à un hôtelier juste après avoir franchi la porte d'entrée de son établissement concerne la manière de se connecter au WIFI. Autant dire qu'il n'est même pas question de poser cette question à notre arrivée. Nous allons passer une semaine de diète complète. Comme me l'avait expliqué Maxence en aparté, « apprendre à s'ennuyer » sans nos doudous numériques est la condition de cette capacité à s'enraciner que je suis censée trouver ici.

Descendues à une gare d'Intercités dont le nom ne nous évoquait rien de connu, nous nous retrouvons sur le parking à guetter la navette de bus que l'on nous avait promise par mail. Je m'attendais à voir arriver des quadras en mode hippy, dans un combi Volkswagen. C'est un Traffic Renault fatigué qui vient se garer devant la gare. Au volant, un moine d'origine asiatique d'environ vingt-cinq ans, sandales en cuir aux pieds et couvert de cette toge marron que nous apprendrons bientôt à considérer comme l'uniforme des moines et moniales du site. Dans un petit rire étouffé, comme s'il venait de se raconter une bonne blague dont il riait encore, il nous pose la question rituelle.

— Vous avez fait bon voyage ?

Nous étions déjà un petit groupe rassemblé autour de sa camionnette. Nous avions tous fait le voyage dans le même train depuis notre départ de Paris. Aucun signe distinctif ne pouvait nous indiquer que nous étions là pour la même chose. Aller passer une semaine perdue dans la campagne, au milieu d'inconnus à manger des légumes et boire du thé vert pour pratiquer la tant recherchée méditation pleine conscience.

À notre arrivée nous nous acquittons de la modeste inscription correspondant aux frais de restauration pour une semaine. C'est vrai que Leila et moi avons choisi l'option camping dans la tente que nous avons apportée avec nous. Première formalité : choisir le groupe avec lequel nous passerons la semaine. Un seul critère de sélection, la langue qui présidera aux échanges entre nous. Je suis sidérée d'apprendre que durant cette période de vacances, le site accueille des retraitants de plus de quarante nationalités différentes. Pour nous, ce sera le français, le voyage promet d'être suffisamment exotique comme cela.

Moi qui ne dis jamais non à un apéro vin blanc avec mes collègues après le boulot, je viens de signer pour une semaine sans alcool, sans viande et sans cigarettes. C'est ce que nous explique le moine à l'accueil avec un sourire bienveillant, en soulignant que ces conditions sont nécessaires pour mettre son corps et son esprit dans les conditions propices à la pratique de la méditation.

Nous sommes donc intégrés à un groupe d'une quinzaine de Français. Ce groupe est déjà affecté à la corvée de préparation du petit déjeuner. Enfin, les termes employés n'utilisaient pas le mot corvée. Dans la bouche du moine, cela donnait plutôt cela.

— Chaque participant a l'occasion de pratiquer la méditation dans diverses tâches collectives et utiles pour tous. Votre groupe aura la joie de s'atteler à la préparation du petit déjeuner un jour sur deux. Ouverture de la cuisine à cinq heures trente du matin et vous avez trois cents personnes à nourrir !

Leila me regarde, son œil exprime un mélange de panique et d'incompréhension. Avec, écrit en gras au-dessus de son front en caractères trente-deux « Mais pourquoi je m'inflige cela !? ». Oui, Leila n'est pas du matin ! Alors, à ce stade, soyons honnêtes, moi non plus, mais en ce qui la concerne, c'est beaucoup plus grave.

On nous informe à l'accueil que les hébergements en dur sont tous complets depuis six mois. Mais nous pouvons planter notre tente dans un espace au calme qui, selon les dires de notre hôte, nous permettra de profiter pleinement de nos moments de repos durant cette semaine. Ce sera donc notre choix, l'hébergement sera un tantinet sauvage et moi qui n'ai jamais passé une nuit sous une tente de camping de ma vie, j'appréhende un peu l'exercice.

Se retrouver dans une cantine de collectivité à cinq heures trente du matin ne fait pas partie des expériences que je comptais vivre dans ma vie. Et de surcroit en période de vacances. Le regard absent et endormi de Leila qui tient à peine debout à côté de moi me confirme qu'elle n'en pense pas moins. Je lui suis vraiment reconnaissante de m'avoir accompagnée dans cette aventure. Elle m'a apporté le courage nécessaire pour entamer cette retraite qui, sans elle, serait restée au stade du projet.

Nos journées sont calmes et plutôt creuses mais je n'éprouve jamais ce sentiment d'ennui que j'appréhendais avant de débuter cette retraite. Maxence, comme à son habitude, était resté discret sur la nature de ce qu'il se passait ici.

— Abordez la dimension bouddhiste du lieu sans appréhension. Vous le constaterez par vous-même, l'ambiance bouddhiste est plutôt à considérer comme un écrin ou un paquet cadeau. D'ailleurs la très grande majorité des gens qui partageront avec vous cette retraite ne sont pas bouddhistes et n'ont pas l'intention de le devenir. Et le paquet cadeau s'impose à nous en premier lieu, bien sûr. Mais ce qui compte vraiment se niche sous l'emballage, dans la boite, c'est le cadeau.

— Bon, très bien, je veux bien vous suivre là-dessus. Mais dites-moi ce qu'il y a dans la boite ?

Son sourire franc et doux me revient à l'esprit quand je fais resurgir cette conversation de ma mémoire.

— Le cadeau, je vous laisse le découvrir par vous-même.

En voyant ma frustration face à sa réponse, il avait ajouté.

— Quand vous découvrirez le cadeau, vous comprendrez pourquoi je ne peux pas vous en dire plus aujourd'hui.

La semaine se déroule paisiblement, de ce lieu émane une beauté simple et sans tout l'appât religieux que je m'attendais à y trouver. Plusieurs petits étangs apportent leur fraicheur à cet espace qui sans eux manquerait de variété. Des plantes aquatiques aux larges feuilles occupent une grande partie de ces plans d'eau. Pour les avoir pris tout d'abord pour des nénuphars, j'ai appris plus tard qu'il s'agissait de lotus. En pleine floraison, des variantes de blanc et de rose apportent une dimension féérique à ces étangs qui doivent être très boueux tout le reste de l'année.

Au milieu du parc trône un kiosque abritant une imposante et somptueuse cloche en bronze. Une observation rapide pourrait amener à conclure que cette cloche diffère peu de celles qui occupent les clochers magistraux des églises des cathédrales catholiques. Cette semaine, je prends le temps de mettre en application le secret numéro un de Maxence. Quand j'active ma capacité d'attention, je remarque une différence de taille entre ces deux types de cloches. Si la forme et la taille n'est pas en soit si étonnante, la surface de l'objet est recouverte d'inscriptions, de personnages, d'animaux et de sigles qui font référence à une culture pré Chrétienne. Mais à l'évidence, la principale dissemblance se situe ailleurs. Elle se trouve dans l'altitude à laquelle se trouve cet instrument d'appel et d'avertissement des fidèles. Contrairement à celles des églises, postées dans les clochers, en altitude et inaccessibles au commun des mortels, la cloche du Hameau des Pommiers est à hauteur d'homme. Chacun peut la toucher à loisir. Pour la faire sonner, les moines utilisent un imposant maillet suspendu au toit du kiosque. J'y vois un message cohérent avec la doctrine prônée par cette philosophie. Le nirvana, le concept le plus proche de ce qui pourrait ressembler au salut, ou paradis, réside ailleurs. Si pour les chrétiens, il est porté par un Dieu posté dans les cieux, pour ces moines en toges marron, le salut réside dans chacun de nous. Nul besoin d'aller chercher dans le ciel ce qui se trouve déjà en nous. Si le paradis, ou nirvana, peut se trouver sur terre, pourquoi rapprocher les cloches du ciel ? Autant les installer à hauteur de ceux pour qui elles sont destinées.

La semaine est donc passée beaucoup plus vite que prévu et lorsque nous arrivons au dernier jour et que le réveil sonne au milieu de la nuit, je me remémore alors des paroles de Leila.

— Surtout, si tu hésites demain matin, rappelle-toi que c'est le dernier jour et que cette fois, je ne souhaite pas être réveillée. Ne le prend pas mal, mais cinq heures quinze comme heure de réveil durant mes vacances en plein mois d'août, je pense avoir eu ma dose ! avait-elle ajouté.

Je respecte scrupuleusement son attente et me faufile hors de la tente pour me rendre à l'atelier de préparation du petit déjeuner.

Cinq heures trente, je suis ponctuelle, mais le groupe me semble très clairsemé pour ce dernier rendez-vous matinal. Sur les douze participants habituels, nous ne sommes que six. Notre moine est là, bien sûr, et c'est avec son sourire habituel qu'il nous invite à ouvrir nos cahiers de chants et à entamer le chant « J'inspire et je souris à la vie, j'expire et je souris à la vie ».

Quelques instants seulement après avoir fermé et rangé mon cahier, s'installe dans ma tête une inquiétude sournoise. Comment allons-nous faire pour ouvrir les portes du petit déjeuner à six heures trente ? À l'accoutumée, nous ne chômons pas pour réaliser cette prouesse. Le site accueille trois-cents personnes et très peu ratent le petit déjeuner. Ce matin nous ne sommes que six pour accomplir le travail de douze, sacré challenge. Je suis d'ailleurs étonnée que notre moine ne semble pas préoccupé de cette désertion matinale. Aucune allusion de sa part, il ne l'a même pas évoquée comme un problème. Cela me paraît léger de sa part, comment allons-nous nous en sortir ?

Quand Gabriel, mon collègue du marketing opérationnel, avait eu trop absences dans son équipe, il avait réagi bien différemment. Cela avait commencé par une réunion de crise au cours de laquelle les absents avaient été critiqués. C'est sûr que des oreilles avaient dû siffler ce matin-là. Ensuite, cela avait été le déclenchement du plan de secours, il avait fallu que notre équipe se mobilise pour lui. On avait travaillé douze heures par jour durant deux jours pour rattraper le retard et tout cela dans une espèce de folie hystérique accompagnée de mines tantôt sévères tantôt paniquées.

Préside à l'élaboration de ce repas notre respect des consignes qui nous mettront dans un état de conscience propice à la méditation. Notre moine accompagnateur reste plutôt évasif sur ce que nous devons faire, il ne recommande pas de comportement particulier. Il nous invite juste à nous concentrer sur notre travail et pour cela, de limiter les échanges entre nous au strict nécessaire. D'ailleurs, depuis le début de la semaine, le silence a pris le pouvoir de tous ces ateliers. Et j'avoue que pour une citadine habituée aux perpétuelles sollicitations de mes collègues sur mon open space, je découvre une autre manière de travailler. C'est un peu comme si d'un coup, je m'entendais penser.

Tout ce que nous faisons doit l'être en pleine conscience. Et selon cette sacrosainte règle, c'est dans la concentration, le silence, que notre travail doit se réaliser. Selon moi, cette situation de manque radical de personnel aurait nécessité des mesures précises. Il aurait pu par exemple aller réveiller certains de ses collègues moines et leur demander de nos aider. Ou bien décider de retarder exceptionnellement l'heure d'ouverture du restaurant, ce qui nous aurait permis de réaliser notre tâche en effectifs réduits. Aucune de ces options ne fut prise ni même évoquée d'ailleurs. C'est comme si, pour lui, ne pas parler du problème allait le faire disparaître.

Notre rôle est non seulement de préparer les mets du petit déjeuner, mais aussi de les positionner sur les tables mises à disposition, pour accueillir la horde de retraitants affamés du matin. Comme à l'accoutumée, nous nous répartissons sur les divers postes de travail de cette cuisine taillée pour préparer les repas de trois cents convives et occupée actuellement par six amateurs, pas réveillés et perplexes quant à leur chance de succès.

Ce que nous avons vite compris lors des jours précédents, c'est que nous n'étions pas dans un exercice de téléréalité où il nous était demandé de produire au pas de course un travail original et créatif. J'avoue avec un peu de honte que quand je tombe sur une de ces émissions, je reste scotchée devant mon écran. Impossible d'éteindre avant la fin du programme. Un peu comme le visionnage d'une vidéo de chat sur internet, mais en version une heure trente.

Nos tâches respectives se divisent en plusieurs branches. Un atelier de découpe de fruits consacré principalement aux pommes, oranges et bananes. Un autre dédié aux différents types de graines, de flocons de blé et d'avoine à mettre à disposition sur les tables de la salle à manger. Chauffer le lait de soja et griller le pain représentent des taches réclamant une attention particulière également. Et enfin, il nous faut disposer toute cette nourriture dans la salle à manger principale pour que les convives y accèdent en mode buffet.

L'atelier que je me suis choisi au début de la semaine est celui de la découpe des fruits. Et ce matin m'attendent, le long du mur de la cuisine, de nombreuses cagettes de pommes, de bananes et d'oranges. Je me dirige d'un pas décidé et rapide vers les cagettes et débute mon activité. Nettoyage, découpage en quartiers et tronçons… Sans que je ne m'en rende compte, j'accélère progressivement mon rythme de travail. Les pommes sautent dans mes mains et terminent dans le plat destiné au service. Mes gestes deviennent de plus en plus rapides et l'augmentation de ma vitesse va de pair avec la montée de mon inquiétude. Je constate du coin de l'œil que le poste de travail à côté du mien reste inoccupé. Le garçon qui s'occupe habituellement de faire griller le pain est un de ceux qui nous a fait faux bond ce matin. Le four est resté éteint et personne ne semble s'en soucier. Comment allons-nous parvenir à tout finir en une heure ? Qui va s'occuper du pain, du lait de soja, et de je ne sais quoi encore ?

Pourquoi ne pas tenter de prendre en main deux ateliers en parallèle ? Je devrais y arriver. En tous cas, cela se tente, me dis-je en me dirigeant vers les énormes plaques de gaz. J'empoigne les casseroles et les briques de lait. Et hop me voici à la tête d'un atelier double, les fruits et le lait. Le multitasking, il n'y a que cela de vrai ! J'entends presque la voix de mon ami Romain quand je prononce pour moi cette phrase que j'ai tant entendue dans sa bouche. Ce geek ultra doué en programmation passe son temps la tête devant trois écrans quand il ne « check » pas son portable ou sa montre connectée. Sa philosophie est basée sur le principe de la connexion permanente aux machines qu'il aime tant. Il vit comme dans un jeu vidéo, un concours de vitesse entre l'homme et la machine. D'ailleurs je le soupçonne de prendre un certain plaisir à la compétition permanente dans laquelle il se trouve. Entre deux pommes, je jette un regard d'ensemble à la très grande cuisine dans laquelle nous nous affairons et je constate que je ne suis pas le seul avoir adopté cette stratégie d'efficacité. Pas très loin de moi, je vois mon camarade affecté à la préparation des granulés et graines diverses à la manœuvre avec l'atelier voisin inoccupé, dédié à l'accoutumée à la cuisson des légumes. Toute l'équipe semble avoir accéléré presque frénétiquement, cela me remplit d'une excitation palpable associée à un sentiment bizarre, je me dis que cela ne va tout de même pas nous permettre d'y arriver à temps. Il y a encore des trous dans la raquette.

C'est alors que, du coin de l'œil je perçois un déplacement inhabituel dans la pièce. C'est notre moine. Il s'approche de chacune des personnes en train de travailler, leur glisse un mot à l'oreille. Ce qui a invariablement comme effet de leur faire quitter leur atelier pour se diriger vers la cour intérieure. Incrédule, je le vois me rejoindre.

— Lucie, je te propose de venir méditer quelques minutes avec le groupe. Retrouvons-nous dans la cour.

Quoi, mais c'est quoi ce délire ?

Il ne nous a jamais fait cela ! D'habitude, à douze, on est juste côté timing. Il nous reste une demi-heure pour arriver, tête baissée, tout droit jusqu'à la ligne d'arrivée. Et au lieu de nous laisser bosser, profitant du fait qu'à ce moment, nous sommes tous bien à fond, il nous stoppe. Il nous coupe dans notre élan pour une méditation ! Abasourdie par sa demande, je me dirige les bras ballants, désœuvrée, vers mes camarades qui, déjà en cercle, tiennent leur cahier de chants à la main.

— Reprenons à la page trente-sept, nous demande le moine, et entonnons le chant du matin.

À partir de ce moment-là, c'est le brouillard, je ne saurais pas dire clairement ce qu'il s'est passé. Je n'en garde qu'un souvenir ténu. Nous avons dû chanter deux chansons et pratiquer quelques respirations comme nous le faisons à chaque fois. Ensuite, je me vois revenir à mon poste. Et sans doute reprendre le travail. Mais avec le recul, je ne saurais pas bien décrire ce que j'ai accompli dans les vingt minutes qui ont suivi. Ce que j'ai constaté, en revanche, c'est que nous avons ouvert les portes du réfectoire à six heures trente, comme d'habitude, et que tout était miraculeusement en place.

Je suis rentrée directement dans ma chambre ce jour-là et j'ai fait une bonne sieste, ou plutôt j'ai repris ma nuit que j'avais interrompue bien trop tôt. À mon réveil deux heures plus tard et armée d'un thé vert, je me dirige vers mon bloc de papier à lettre, saisis mon stylo préféré, celui à bille large et qui écrit en violet, et décide de rédiger mon compte rendu à Maxence.

Cher Maxence,

Aujourd'hui, je crois que j'ai vécu ce que vous appelleriez une expérience. Comme les moments que vous faites vivre sur scènes aux gens qui viennent vous voir. Vous m'avez conseillé de vivre les expériences que j'avais envie de vivre mais surtout d'être attentive à en tirer quelque chose pour moi. Je vous avoue que quand vous m'avez dit cela, je n'avais pas bien compris. J'ai pensé à un discours de gourou. Mais ce qui s'est passé ce matin doit rentrer dans la catégorie des choses à retenir de cette retraite. Je ne vais pas vous ennuyer à vous en raconter les détails, mais je vais tenter de clarifier ce que j'en ai appris. Ma première surprise a été la réaction du moine quand il a constaté que nous allons être moitié moins de personnes pour réaliser le même boulot. Ou plutôt son manque de réaction, comme si ce n'était pas si grave. Je pense que son objectif était de ne pas nous mettre de pression inutile sur les épaules.

Ensuite, il nous fait stopper le travail, pour une méditation, alors que nous étions largement en retard. Je ne vais pas vous mentir, sur le moment, je n'ai pas compris cette décision. Maintenant avec le recul de ce qui s'est passé ensuite, je crois que j'ai saisi. Car nous avons réussi à tout préparer dans les temps et à ouvrir le restaurant à l'heure. Et bien, je dirais que c'est que vous avez appelé « la présence ». Cette capacité d'être pleinement présent sur le moment, c'est un mélange de concentration, de relaxation qui ne peut s'obtenir que l'esprit libre de stress. J'ai l'impression que c'était cela que vous souhaitiez que j'apprenne quand vous m'avez donné cette adresse. Ah oui, il y a encore autre chose qui est assez incroyable dans ce lieu. Au cours de la journée et à un moment imprévisible, ils font sonner une grosse cloche. Et là, tout le monde s'arrête de faire ce qu'ils étaient en train de faire. La première fois que j'ai vu cela, j'ai eu l'impression que quelqu'un avait cliqué sur le bouton pause de la télécommande. C'était dingue. Tout le monde s'est interrompu. Les conversations ont stoppé. Les déplacements aussi. Un type qui transportait une chaise l'a posée devant lui. Cela a duré quelques très longues secondes et puis la cloche a retenti une nouvelle fois. À ce moment, comme si cela représentait la permission de reprendre une vie normale, tout le monde s'est réactivé de nouveau, les gens se sont remis à marcher.

Les conversations ont repris comme si de rien n'était. J'étais effarée de constater que les gens à côté de moi ne parlaient même pas de ce qu'il venait de se passer. J'en ai déduit que cela devait arriver souvent. Quelques heures plus tard, j'ai pu le constater dans le réfectoire. Même scénario, mais cette fois, c'est une horloge électrique qui a sonné. Et tout le monde s'est arrêté. Je crois que c'est à ce moment-là que j'ai perçu le vrai enseignement de cette pratique.

Ils ont compris un truc, ces moines. Nous, les gens qui avons une vie normale, nous sommes sans arrêt embarqués dans nos occupations du quotidien. De notre réveil à notre coucher, nous enchainons les tâches à réaliser. Les obligations familiales ou professionnelles à remplir. Comme des bons petits soldats, nous enchainons du soir au matin la réalisation de nos tâches quotidiennes.. Nous faisons les repas, nous faisons les courses, nous faisons des emails, nous faisons bonne impression, nous faisons l'amour. L'essentiel de notre vie est tourné autour du faire. Je crois que ce que nous disent ces moines, c'est « soyez vous-même, tout simplement. Ne réduisez pas votre identité à ce que vous faites mais étendez là à ce que vous êtes. Ne vous définissez pas uniquement par votre métier par exemple, mais vivez en prise directe avec le moment présent, dans toutes les situations. » C'est cela qu'ils appellent la pleine conscience. Et j'ai aussi appris que ce type de méditation est complètement sortie de ses origines bouddhistes pour être pratiquée et recommandée par des médecins et psychologues du monde entier.

J'avoue que cela me paraît presque trop simple pour être efficace. Mais je sais que vous pratiquez cette méditation et vous m'avez dit que cela vous aidait beaucoup et que donc cela pourrait me faciliter la vie également.

Je rajoute à cela les formules de politesse habituelles et je mets sous enveloppe cette lettre en prenant bien soin de ne pas me tromper dans l'adresse de destination.

— Alors, tu as écrit à ton gourou ? me lance Leila d'un ton amusé et un brin moqueur.

— Tu abuses là ! Non ce n'est pas un gourou, d'ailleurs, il ne me fait rien payer pour ses conseils.

Au moins ça me rassure là-dessus. C'est bien connu les gourous et les sectes, ils siphonnent les comptes en banque de leurs fidèles. Lui il m'a bien dit qu'il ne me demanderait jamais d'argent.

— Alors, raison de plus pour te poser des questions. Son intérêt serait-il plus personnel ? C'est ton petit corps qu'il vise, hein c'est ça ?

Elle me décroche un clin d'œil appuyé, associé à une sortie de langue qui donne à son œillade un caractère on ne peut plus explicite. Je l'aime beaucoup ma Leila, mais là, elle commence à m'énerver un peu. Je lui ai déjà expliqué qu'il n'y a rien de ce genre entre Maxence et moi. Je sens que cette conversation va déraper et je profite du passage d'un membre de mon groupe de méditation pour me laisser entrainer à l'atelier suivant et mettre fin à cette discussion agaçante.

La météo est favorable en cette fin de mois d'août. La Dordogne regorge de paysages variés et verts, foisonnants de vie animale et végétale. Notre TGV de retour est planifié pour demain, cette retraite s'achève et je me sens bien. Je décide de me promener dans la boutique interne du hameau. Cet espace commercialise certains objets et livres souvenirs. Je savais que sous ces rustiques robes marrons et ces tonsures uniformes se trouvaient certains des grands cerveaux de notre époque. Et bien en voici une preuve matérielle. Ils ont repris les bonnes pratiques commerciales des géants du loisir américain pour les consacrer au financement de leur association caritative.

Dans cette boutique, à côté des ouvrages du Moine fondateur de cette communauté, mon regard est attiré par une montre indiquant l'heure de manière très particulière. À la place des chiffres sur le cadran figure un seul mot, identique à chaque heure : Now. Je ris intérieurement en comprenant l'intention derrière l'objet. Porter cette montre nous baigne à tout instant dans un des principes fondamentaux de la pleine conscience. « Il n'y a rien d'autre de réel que le moment présent » semble affirmer cette montre au design simple et pas du tout tape-à-l'œil. À toute heure, c'est maintenant le moment de vivre. Pas demain ou le mois prochain, ou quand j'aurai la promotion ou les congés que j'attends, mais maintenant, il n'y a rien d'autre que le présent, en fait. C'est cela le cadeau que je suis venu chercher ici et que Maxence avait évoqué à mots couverts.

Le passé est derrière nous, le futur n'existe pas encore, mais le présent est à nous. C'est notre immense richesse, encore faut-il être en mesure de le vivre pleinement. Comme toute bonne élève éduquée dans le dogme de la performance, mon objectif de cette semaine visait à parvenir à méditer et à en ressentir les bénéfices que l'on me disait merveilleux. Je me sens un peu honteuse, car j'ai l'impression de ne pas avoir réussi cet exercice, et ce constat d'échec me désole. Cela me rappelle la fois où petite, en vacances au bord de la méditerranée, j'ai découvert le ski nautique. L'instructeur sur cette plage du Var entrainait une équipe de jeunes handicapés qui eux avaient de vraies excuses à leur difficulté à sortir de l'eau. Tous n'avaient pas eu la chance de naître comme moi avec deux bras et deux jambes fonctionnels. Avec des planches adaptées, ces adolescents sortaient de l'eau sans difficulté apparente et avec le sourire aux lèvres. Certains poussaient des cris inattendus et que je ne savais pas qualifier, étonnement, surprise, joie certainement. Je me suis insérée dans ce groupe un peu honteuse et gênée. Et s'ils prenaient ma « normalité » pour de l'arrogance ? Ils pourraient tout à fait se dire qu'en tant que valide, je n'avais pas à parader dans leur rang. De plus, une surperformance sur les skis aurait pu passer pour de l'insolence. Mais rien de tel ne s'était produit. Soyons sincères, je ne peux pas affirmer ne pas être sortie de l'eau, en partie en tout cas. Et en totalité, une poignée de secondes… Cinq secondes en fait, ce qui constituait mon record officiel pour cette journée. En me séchant sous ma serviette en cette fin d'après-midi d'août, j'avais ressenti le même abattement qui m'envahit à cet instant. Un sentiment global de nullité et d'épaisse incompétence.

Durant une semaine, nous avons médité tous les jours. Et chacune de ces méditations guidées m'a apporté beaucoup, j'en ressortais plus relaxée et plus détendue. Mais à aucun moment, je ne me suis sentie transportée dans un nirvana quelconque. Mes pensées ont continué de me harceler, mes angoisses à me taillader les flancs. À tel point que je n'ai pas vraiment osé partager mon tourment avec Leila. La connaissant bien, je me doutais qu'elle devait se trouver dans un état d'esprit assez proche du mien sur ce point.

Nous avons pourtant participé à tous les événements de la semaine, qui s'est terminée hier par une belle cérémonie de fin de retraite. Après la méditation du soir, les trois-cents participants, accompagnés des moines et moniales, se sont dirigés en procession très lente vers l'un des lacs qui se trouvent au centre du site. Il faisait nuit et nous portions dans nos mains une petite bougie insérée au centre d'un simple origami représentant une feuille de lotus. Notre procession lumineuse, accompagnée des multiples instruments entonnant à l'unisson une mélodie entrainante, donnait à ce moment l'allure d'un partage simple et gai. Chaque personne arrivant au niveau du lac posait avec délicatesse son origami sur la surface. C'est ainsi que cette étendue d'eau s'était progressivement illuminée de l'éclat des flammes des centaines de petites bougies flottantes.

L'envie de sortir mon téléphone pour filmer ou au moins photographier cette scène m'a obsédée quelques courtes secondes. Puis j'ai visualisé mon téléphone, éteint au fond de mon sac de voyage. Et enfin j'ai accepté que ce souvenir, je devais le vivre en direct et sans technologie. J'ai réalisé que pour en bénéficier complètement je devais le vivre maintenant, l'inscrire dans ma mémoire et pas dans la mémoire d'un téléphone. Et peu importe les likes de mes contacts sur les réseaux sociaux, ils n'ajouteront rien à la qualité de ce moment, en revanche me préoccuper d'eux à cet instant peut clairement diminuer les bienfaits que j'ai à tirer de cet instant. Cette dernière soirée restera dans ma mémoire, je le sais maintenant.

Une fois sortie de la boutique avec une carte postale souvenir en poche, je me dirige une dernière fois vers le lac où nous avons la veille déposé nos bougies flottantes. Je suis seule cette fois. Il fait jour et pourtant cette nature me semble plus solennelle encore. Je laisse mes bras tomber le long de mon corps, ma respiration devient régulière et s'harmonise avec ce qui m'entoure. Les bougies flottent toujours, celles dont la flamme a disparu se sont muées en petits radeaux glissant au gré des touches de la brise. Elles glissent lentement sur la surface de l'eau, les tiges des plantes aquatiques plient dans le sens du vent, à moins que ce soient les bougies qui avancent dans le sens contraire. Un ballet s'installe entre ce qui flotte et ce qui est planté. Une libellule plonge et frôle la surface, évite une tige, la contourne et échappe à ma vue en ne laissant derrière elle que le balancier des tiges et le glissement des feuilles. Je respire et mon corps entier semble s'harmoniser avec les ondulations de ce lac. Les pieds plantés sur cette berge, je perçois un léger mouvement dans mon bassin et mes épaules. Une infime acceptation de la vibration de tout ce qui m'entoure. L'odeur lourde de la boue sous les lotus s'élève et se présente à hauteur de mon nez. Combien de minutes se sont écoulées, impossible de le dire. Je suis toujours là, immobile et en grands mouvements quand je réalise que c'est ça. Oui, c'est exactement cela que je suis venu chercher ici. Cet état qui porte de nombreux noms. Enracinement, méditation, présence. Quelle paix intérieure, associée à tant de force. Un sentiment d'être au cœur de quelque chose de grand et de bienveillant. Depuis combien de temps suis-je plongée dans cette rêverie ? Cinq minutes, vingt minutes, impossible à dire, tant j'ai ressenti une subjective dilatation du temps. Ce doit être cela, cet état de pleine conscience. Alors finalement, c'est dehors, au bord de ce lac, seule et sans l'aide de quiconque que je suis entrée dans ce fameux état de pleine conscience.

15

La semaine au boulot à mon retour de ma retraite est passée à la vitesse de la lumière. Encore une expression de Romain, qui a d'ailleurs beaucoup donné de sa personne cette semaine. Après que je lui ai dressé un bref récapitulatif de ma retraite, il pose sur moi son regard mi-attentif mi-intrigué et après trois secondes de réflexion, ce qui pour lui touche à l'éternité, lance :

— Tu as fait ton stage de formation Jedi en somme.

— Tu veux dire que cela t'évoque un épisode de Star Wars ?

— Carrément, ton truc cela ressemble à la formation de Skywalker par Yoda sur Tatooine.

Je tente de rassembler mes souvenirs Star Wars,

mais seule me vient à l'esprit une mosaïque d'images de combats spatiaux et de sabres lasers. Devant ma moue interrogative, il affine sa pensée.

— Un profond lien entre la méditation et la force je vois.

Ça y est, il recommence, je mime le rangement un sabre laser imaginaire en ne manquant pas d'accompagner mon geste avec le son du caractéristique vouicccchhhh. Je décroche un sourire et une œillade complice de sa part. Je sais que j'ai gagné son attention pour la journée et peut-être même pour plus longtemps.

Pour ce rendez-vous du samedi matin, je sors de chez moi sans mon téléphone. Je ferme la porte de mon appartement, mais une fois la clé tournée dans la serrure, quelque chose semble bloquer mes mouvements. Une forme de confusion mentale et physique qui me paralyse. Je sais que j'ai pris consciemment la décision de laisser mon téléphone à la maison. Je le visualise posé sur la table de mon salon. Je sais tout cela est pourtant je bloque comme un pantin désarticulé, car une partie de mon cerveau me dit qu'il me manque quelque chose.

Et s'il m'arrivait quelque chose, un accident ? Si je me faisais renverser par une voiture, un scooter ou même une trottinette et que j'ai besoin d'appeler les secours ?

Un passant fera l'appel pour toi ma fille.

Et si le bureau m'appelait pour une urgence ?

Ton agenda affiche sans ambiguïté la date du jour, samedi, Lucie. Cela ne s'est jamais produit un samedi.

Et s'il fallait que je poste immédiatement une intervention capitale sur mon Tweeter, mon Insta ou mon Facebook, hein qu'est-ce que je fais-moi ?

Cette boucle mentale ne dure que quelques secondes mais elle m'installe dans une anxiété palpable. Je me souviens de mes séances de méditation et je prends une grande inspiration, suivie d'une lente expiration. Je fixe mon regard sur la jolie bague que je porte aujourd'hui. Un solitaire que j'ai hérité de ma grand-mère. Son design intemporel témoigne d'une période où la mode durait plus d'une saison. Je suis si heureuse de sentir mon aïeule encore un peu à mes côtés quand je porte ce bijou. Voilà, tout va mieux, quelques respirations et un métro plus tard, je suis au Parc Monceau et choisis un banc ensoleillé pour attendre mon rendez-vous.

— Bonjour Lucie et merci pour cette attention, je suis touché,

Maxence s'assoit à mes côtés et me sourit. Je le fixe sans comprendre.

— Bonjour, heu de quelle attention parlez-vous ?

— Et bien du cadeau que vous m'avez ramené du Hameau des Pommiers.

Mais comment sait-il que je lui ai rapporté quelque chose ? me demandé-je avant de me souvenir qu'il enchaine ce genre de divination sur scène. Je lui tends le bracelet en boules de bois et la carte postale que je lui destinais. Ce petit bracelet ressemble à bien d'autres, sa particularité est d'avoir été fabriqué par les moines de la communauté. L'image de la carte représente un cercle zen peint au pinceau noir, avec au centre ces quatre mots « No mud, no lotus ». Ce qui signifie : pas de boue, pas de lotus.

— Quel sens donnez-vous à cette peinture ? me questionne Maxence.

— Je ne comprends pas ce que cela veut dire avoué-je gêné. Je l'ai juste choisi pour le graphisme que je trouve harmonieux et parfaitement équilibré. Ces quatre mots dans ce cercle, c'est beau.

— Je partage votre regard sur cette œuvre assez typique de l'art zen. Équilibre, harmonie et simplicité constituent les fondamentaux de ce style. Mais ici l'artiste s'adresse aussi à notre esprit rationnel, il nous dit simplement que pour pousser et grandir, le lotus a besoin de la boue. Au premier degré, cela signifie que cette magnifique et gracieuse plante pousse dans la terre humide, la boue en représentant sa forme la plus grossière et salissante. Sur un plan métaphorique, cela veut aussi dire que certaines belles choses que nous espérons pour nous ont besoin pour advenir d'un ingrédient pas forcément très ragoutant. Une autre métaphore pour exprimer cette idée serait celle du papillon qui doit passer par l'étape chenille puis cocon pour enfin prendre son envol. Dans votre situation, Lucie, votre lotus à vous, ce se serait quoi ?

J'ai envie de lui répondre « de la triple épaisseur » mais je garde pour moi cette blague de mauvais gout.

— Ce serait un accomplissement personnel ou professionnel dont je serais fière. Et si je réfléchis tout haut, il me semble évident que réussir cette conférence ressemblerait fortement à un beau lotus.

— Parfait Lucie, vous avez compris la métaphore. Passons à la boue maintenant.

Ah oui, la boue, je me doute bien qu'il ne va pas me laisser m'en tirer aussi simplement.

— Alors, dites-moi, dans quelle boue va pousser et grandir votre lotus ?

Je réfléchis quelques secondes en me mordillant les lèvres.

— Et bien si l'on parle de quelque chose de moche et qui ne sent pas bon, je dirais que ce pourrait être le stress qui accompagne l'événement. Cette sensation que je sens déjà en moi en ce moment même, quand je vous en parle. Je me vois sur cette scène, perdue, seule sous le poids de ces deux cents regards scrutateurs et en attente de mon premier faux pas.

— Vous y êtes, c'est exactement ça. Si je réécris donc cette carte postale pour vous, cela donnerait « Pas de stress, pas de succès ».

— Je ne comprends pas bien, répliqué-je en fronçant les sourcils. Je croyais que vous alliez m'aider à faire disparaître le stress pour que je puisse réussir cette présentation sans m'écrouler devant tout le monde ou pire, perdre tous mes moyens et rester muette et figée au milieu de la scène.

Une lueur d'amusement passe dans les iris verts de Maxence.

— Ce que vous apporte cet enseignement zen, et ce sera notre secret numéro six, c'est qu'un certain stress est nécessaire pour réaliser cette performance qui vous attend, m'explique-t-il de son ton bienveillant. Le stress bénéfique vous mobilise, il vous donne le courage nécessaire pour vous mettre en mouvement et vous engager dans l'action. Il vous aide en ce moment même, pour trouver les ressources ou les aides qui contribueront à votre préparation. C'est le stress qui vous apporte aussi l'énergie de préparer et de construire l'ensemble des éléments de fond de votre présentation. Et c'est encore le stress qui vous aide à vous lever le matin pour aller travailler. Et si l'on regarde à la loupe la composition de ce stress, on constate que ce n'est en rien quelque chose de tangible. Votre stress ne peut prendre aucune forme, aucune couleur, il ne pèse rien, ne sent rien. C'est juste une création de votre esprit, ni plus, ni moins. Ce sont les effets de cette construction mentale sur votre corps qui deviennent tangibles. Insomnies, douleurs osseuses, perturbations gastriques… Ici on évoque les effets négatifs d'un stress excessif. Voyez ces effets non souhaités comme des mauvaises herbes qui poussent à côté de votre lotus. Votre boulot, Lucie, c'est de désherber ces mauvaises pousses pour laisser votre lotus s'épanouir et prendre la place que vous souhaitez qu'il prenne.

— Comment je fais-moi ? m'enquis-je d'une voix un brin inquiète.

— Et bien, apprenez à identifier et à distinguer le bon stress et le mauvais stress. C'est le bon stress qui va vous permettre de réaliser votre objectif. C'est le moment d'enfiler vos bottes de jardinage en caoutchoucs et d'aller patauger gaiement dans la boue. Car c'est là que se trouve votre lotus. J'ai trouvé dans le compte rendu que vous m'avez brossé de votre retraite au Hameau des Pommiers bien des situations qui m'ont replongé dans ma propre expérience de ce lieu. Mais tout d'abord je voulais vous demander si vous aviez trouvé le cadeau que je vous avais promis ?

Je hoche la tête.

— Il y a eu plusieurs cadeaux, expliqué-je. Le premier est sous forme de prise de conscience de l'importance du moment présent.

— Tout à fait Lucie, vous avez déjà beaucoup progressé, vos capacités d'observation se sont aiguisées. C'est dans la conscience de l'importance du moment présent que se cache le secret numéro sept. Toute notre vie ne se vit qu'au présent. L'oublier peut nous amener à habiter dans la tristesse du passé ou dans la crainte de l'avenir. Dans le moment présent réside le bonheur.

— Il y a aussi ce moment de pleine conscience, que j'ai presque envie de qualifier de pleine présence, devant ce lac avec ce ballet de bougies et de roseaux.

Et côté professionnel, ces petits moine m'ont vraiment donné une leçon de pilotage d'équipe. Vous savez l'histoire du petit déjeuner.

Maxence sourit d'un air entendu.

— Ah oui, le coup de frein qui fait accélérer…

— Oui, c'est un peu cela, et c'est surtout la manière dont ils gèrent les situations de crise. En tant que chef de projet, j'avoue que leur zen attitude pourrait me rendre bien des services dans de nombreuses situations.

— Et bien ce sera le secret numéro huit, je souhaitais partager avec vous : notre culture nous invite à partir du problème pour résoudre une situation difficile. Ce regard nous incite à chercher dans les causes les solutions à nos difficultés. Ce qui a une fâcheuse tendance à consommer notre énergie dans la recherche des causes plutôt que de la solution en elle-même. Pour faire évoluer positivement une situation, les moines se mobilisent juste sur la tâche à réaliser, en consacrant toute leur énergie à atteindre l'objectif fixé.

— Quand vous l'expliquez, cela me paraît évident.

Ils font cela si naturellement.

— Il reste encore un joyau à extraire de cette fructueuse expérience, Lucie. Ce sera le dernier secret pour aujourd'hui. Le numéro neuf. Il concerne les moments où vous avez appris à vous immobiliser au son aléatoire d'une cloche. Vous avez compris par vous-même la leçon à tirer de cette expérience. Rien n'est plus important que la conscience que l'on a de nous et du monde qui nous entoure. Et pour interrompre le perpétuel brouhaha de l'activité, la technique consiste à mettre le « faire » entre parenthèses pour porter l'attention sur l'être.

— Cela reste plus facile à dire qu'à faire, marmonné-je. Vous ne passez pas votre vie sur l'esplanade de La Défense, vous…

— Vous vivez dans un monde où la vitesse représente la valeur suprême. Vitesse des transports, vitesse de la communication numérique, tous les éléments de votre environnement ne sont axés sur cette valeur. Vous avez expérimenté l'ancrage et la présence durant cette retraite. Cette compétence, qui vous appartient désormais, jouera un rôle primordial dans la réussite des challenges personnels et professionnels qui vous attendent.

16

Plus que deux semaines avant le jour fatidique, mon Olympia à moi, je vois déjà mon nom en rouge sur la façade et j'entends le bruit de mes genoux qui s'entrechoquent.

Tous les matins mon nouveau rituel m'amène dans le petit jardin public à côté de chez moi. Les quinze premières minutes sont consacrées à une marche lente, celle que j'ai appris à pratiquer au Hameau des Pommiers. Je me sens comme une véritable extraterrestre avec mon rythme d'escargot, doublée toutes les quinze secondes par des joggeurs de toutes catégories. Un matin, un vieux monsieur s'est retourné pour jeter un coup d'œil à celle qu'il venait de dépasser. Et à son sourire de satisfaction, j'en ai déduit que cela n'avait pas dû beaucoup lui arriver. Je rigole intérieurement lorsque je pense au nouveau regard que je porte sur mon quotidien depuis que je connais Maxence. Sur ses conseils, j'ai endossé une âme de jardinière. Le jardin imaginaire dont je m'occupe est constitué d'un petit lac boueux. Au centre quelques feuilles de nénuphar et une tige qui selon mes espoirs les plus fous dévoilera un lotus. Si je m'en occupe avec soin, bien sûr. Pour l'instant, je respecte les recommandations du mentaliste et je patauge dans la boue avec mes bottes en caoutchouc. Je visualise mon lotus tout au long de ces promenades du matin. Comme il me l'a recommandé, je m'installe au centre d'une pelouse et immobile, je travaille mon enracinement. C'est fou comme rester immobile quand tout le monde court autour de vous peut provoquer une sorte de vertige.

Je rentre chez moi ce matin après cette séance de quarante-cinq minutes, sans avoir produit une seule goute de sueur mais avec un surprenant sentiment de bien-être. Rien de comparable avec le rush d'adrénaline provoqué par mes séances de sport en salle. Une forme nouvelle de tranquillité emportant le corps et l'esprit. Dans ma boite aux lettres, je trouve un courrier dont je sais maintenant reconnaître l'écriture au premier coup d'œil. J'admets que sa manie de l'enveloppe manuscrite ne manque pas de classe. Le temps qu'il a consacré à cette rédaction, le choix même de l'enveloppe et du timbre, ajoute un supplément d'âme à cette communication. Je réalise à quel point l'email n'est autre qu'un échange d'informations. La lettre manuscrite va au-delà de l'information. Elle embellit l'acte même de l'écriture. La graphie, les textures, les couleurs, les bouts de papiers ou petits objets que l'on peut ajouter au courrier simple augmentent tellement son impact. Finalement le réel, c'est de la réalité numérique augmentée.

Je m'installe dans mon fauteuil préféré pour ouvrir ce courrier et je commence à apprécier ces nouveaux moments. Je décachète chacune de ces missives aux lettres penchées vers la droite avec la curiosité enfantine de la petite Lucie face à ses cadeaux d'anniversaires.

Ma chère Lucie,

Je vous dois une explication. Vous m'avez à plusieurs reprises questionné sur mon passé et les raisons de la démarche que j'ai entamée avec vous. Et jusqu'à présent, je n'avais pas jugé bon de vous répondre. Le temps est maintenant venu, car vous avez suffisamment avancé sur votre propre chemin pour cela. Je n'ai pas toujours gagné ma vie en montant sur scène. Ma vie d'avant était consacrée à aider mes clients à régler certains sujets autres. En tant que thérapeute, c'est notamment avec l'hypnose que j'accompagnais mes patients vers une vie plus heureuse et soustraite aux addictions, angoisses et phobies qu'ils apportaient dans mon cabinet à longueur de journée. Ce métier m'a procuré de grandes satisfactions professionnelles. Certes, aujourd'hui il arrive que certains soirs je sente le public vibrer. Les applaudissements me nourrissent beaucoup également et cela n'a pas de prix. Mais quand je me remémore cette époque, je me souviens de fins de journées de travail habitées d'un intense sentiment d'avoir été utile. C'est cette utilité que je retrouve dans nos échanges et je profite de cette occasion pour vous en remercier.

Dernière chose, voici la tâche que je vous demande d'accomplir avant notre prochaine rencontre. Vous devrez passer une semaine complète sans utiliser votre téléphone. Je veux dire par là qu'il va rester chez vous toute la journée. Vous pourrez consulter le soir vos éventuels messages téléphoniques et y répondre. Vous n'ouvrirez aucun réseau social ni aucune autre application, vous ne répondrez à aucun SMS. Je suis impatient de connaître votre feedback de cette expérience samedi prochain.

Bonne semaine à vous d'ici là.

Maxence

17

En ce troisième dimanche du mois, je dirige mes pas vers la rue des cerisiers avec en poche l'enveloppe de Maxence. Et pour une fois, mon esprit a un plan, je m'apprête à passer à l'action plutôt que de subir une fois de plus la mauvaise ambiance de ces réunions familiales. Il me reste à lire les dernières instructions que recèle cette toute petite enveloppe. En arrivant dans le hall, je sursaute presque inconsciemment, assaillie par l'odeur trop familière. Me revient aussitôt à l'esprit le secret numéro cinq, celui en rapport à l'arbre de Maxence : « J'aime la terre dans laquelle je suis plantée ». Le ton est donné pour cette journée, ce sera le pardon. Lucie, tu as été plantée dans cette terre qui sens le produit de nettoyage industriel, accepte le, ce n'était pas ton choix, ce n'est toujours pas ton gout, mais celui de tes parents, respecte leur vie, tu n'as pas à les juger pour cela. Tes choix diffèrent et ils te conviennent mieux.

Je ferme les yeux et durant les quelques secondes de silence qui précèdent leur arrivée, je me répète en boucle « j'aime la terre dans laquelle je suis plantée, j'aime la terre dans laquelle je suis plantée ». Ma mère arrive dans l'entrée et interrompt brusquement ma méditation.

— Ton père est dans sa pièce, il ne l'a pas quittée de la matinée. Je te préviens il est de mauvaise humeur. L'actualité politique récente et la proximité des élections lui créent bien du souci. Tu sais comme il est sur ces sujets-là, toujours à s'emballer face à la moindre opposition.

— Oui, je vois très bien de quoi tu parles, maman.

— Hier nous avons eu les Duchemin à diner et tout est parti en vrilles entre l'entrecôte et le fromage. Nous les fréquentons depuis combien de temps ? Au moins vingt-cinq ans, je dirais, à la louche, et bien ils trouvent encore des sujets sur lesquels ils ne sont pas d'accord ces deux-là ! Tout se déroule comme s'ils se mettaient d'accord en douce pour mettre sur la table un sujet qui va immanquablement produire une discorde qui gâchera mon diner. Parce que c'est de mon diner qu'il s'agit. Ce n'est pas ton père qui passe son après-midi en cuisine pour satisfaire tout le monde. Non seulement il ne participe pas à la préparation mais il s'échine à détruire la convivialité du repas en allumant des incendies à tout bout de champ. À croire qu'il y prend du plaisir.

— Oh tu sais maman, peut-être qu'il ne se rend pas compte qu'il te fait de la peine. Et si tu ne lui dis pas, cela ne va pas aider à ce qu'il en prenne conscience.

— Mais comment veux-tu lui dire cela ? se lamente ma mère en secouant la tête. Tu le connais, il prend tout pour une critique. La moindre remontrance, même polie et modérée entraine une contre-attaque acharnée. Non, je t'assure, j'ai déjà essayé. Cela fait plus de quarante-cinq ans que je pratique ton père et j'ai perdu espoir de le changer.

Et là, comme s'il sortait d'une boite bien rangée dans ma mémoire le secret numéro trois remonte à ma conscience. C'est la voix de Maxence que j'entends prononcer cette phrase : « Vous devez vous demander ce que vous allez changer chez vous, pour faire changer l'autre sans lui demander de changer ». Voilà une application très concrète de ce secret. Et sur ce point, je suis d'accord avec une partie du constat de ma mère. Il ne sert plus à rien de tenter une énième fois les recettes qu'elle a déjà trop tenté d'appliquer avec des résultats on ne peut plus modestes. Là où je ne suis plus d'accord avec elle, c'est sur son diagnostic final. Non, ce n'est pas sans espoir. En tout cas, j'ai décidé qu'il y en avait, car cela reste important pour moi. Oui, aujourd'hui j'ai décidé de changer le cours de l'histoire de la rue des cerisiers. Je vais affronter le docteur, mais pas avec les armes habituelles de l'indifférence ou du sarcasme. Je sais par expérience que cela ne mènera à rien. Je vais me tordre moi-même, comme le jeune prodige dans le film Matrix. Je lui parlerai comme jamais je ne lui ai parlé. Car ce ton-là n'a pas cours dans notre famille. Je sais que cela ne va pas couler de source pour moi. Cela va me demander un effort important, mais j'ai également conscience que la récompense potentielle vaut le coup de tenter ma chance. Et puis comme le disent Einstein, et Maxence en écho, « Ce serait de la folie de faire toujours la même chose et d'en espérer un résultat différent ». Mon père jouera le rôle de la cuillère aujourd'hui et je vais le plier. Oui, c'est ce que je veux, le plier, et tout cela pour la bonne cause. Pour la cause de toutes les fois où je suis repartie vexée, frustrée, humiliée, de ces réunions familiales. Cela ne peut plus durer, je l'ai décidé aujourd'hui. Je prends une grande inspiration puis une large expiration. Je renouvelle l'opération, il ne se passe rien de désagréable. C'est surprenant, cette odeur m'arrive différemment au cerveau. J'accepte que ce soit l'odeur de mon enfance, c'est ma boue à moi et si je veux être le lotus, je dois l'accepter. Souviens-toi ma fille, pas de lotus sans la boue dans laquelle il pousse. Le lotus aussi aime donc sa boue. Je ris intérieurement toute seule. Les enseignements de Maxence qui me semblaient hétéroclites et ayant peu de choses à voir les uns avec les autres se regroupent maintenant. Comme un puzzle, tout cela commence à prendre forme et à montrer une image globale qui devient cohérente.

Mon père sort enfin de « sa pièce », comme on nommait ce lieu dans la famille. J'ai toujours considéré cet endroit comme une grotte dans laquelle l'ours de la rue des cerisiers se réfugiait en cas de nécessité. Ce besoin naissait parfois d'une surcharge de travail, ou encore d'une contrariété quelconque. Petite, je le voyais passer ses fins d'après-midi entouré de ses vrais compagnons d'armes, les grands compositeurs de la musique baroque. Était-ce son moyen de respirer, loin de ses patients et de sa famille ? Surement la solution qu'il avait trouvée pour rester au-dessus de la mêlée des éternels sujets d'une famille, ces deux, puis trois enfants hébergés à domicile, sur son lieu de travail. Personne n'avait le droit de venir le déranger lorsqu'il était dans sa pièce. Cette règle d'or, encore une, nous l'avions tous apprise à nos dépens, mes frères et moi, dès notre plus jeune âge. Seule ma mère avait un sauf-conduit, et encore, elle ne l'utilisait qu'en cas d'urgence ou de grande nécessité. La femme de ménage savait ce qu'elle pouvait toucher et épousseter et ce qu'elle ne devait même pas effleurer des yeux et encore moins de sa balayette sous peine de licenciement immédiat.

Les vingt mètres carrés de cette pièce sont occupés par une chaine stéréo haute de gamme (le seul luxe que s'est accordé mon père de toute sa vie, à ma connaissance). Une collection de CD couvrant l'intégralité des quatre murs jusqu'à une hauteur d'un mètre. Un fauteuil choisi pour son confort et quelques cousins éparts constituent les seuls meubles de ce qu'il faut considérer comme un auditorium. À une époque, il avait tenté de m'initier à la beauté de la version du stabat mater de Vivaldi interprétée par le haut de contre James Bowman.

— Rend toi bien compte ma fille, Christopher Hogwood, avec son académie de musique ancienne réalise ici un prodige en enregistrant cette version avec des instruments contemporains de l'époque de l'écriture de l'œuvre !

Non, je ne percevais pas la finesse de la viole de gambe et la sonorité du clavecin me faisait beaucoup moins vibrer que les platines de mes DJ préférés. Mais cela, je ne pouvais pas lui avouer sous peine d'affronter un regard qui monte au plafond et qui retombe sur moi avec l'expression de tristesse de celui qui sait ce qu'est la vraie musique. La première fois qu'il m'a parlé des gymnopédies de Satie, du haut de mes douze ans, j'avais cru qu'il s'agissait d'une nouvelle discipline sportive. Mon ignorance sur le sujet m'avait valu un soupir paternel mi-agacé, mi-désappointé et je m'étais sentie honteuse de ne pas être à la hauteur de ses attentes en matière de culture musicale.

Je monte discrètement à l'étage pour atteindre ma chambre à la recherche d'un espace de tranquillité afin de lire les dernières instructions de Maxence. J'ouvre en une seconde la minuscule enveloppe qui ne révèle qu'une petite feuille sur laquelle je ne lis que ces cinq mots.

Dites-lui « Je t'aime papa ».

Notre déjeuner débute de manière plutôt morose. La conversation nous entraine de considérations politiques générales aux prises de position particulières de Monsieur Duchemin. Ce démarrage ramène aussitôt mon père dans son humeur exécrable du jour précédent. Ses asperges prennent soudain le gout de l'entrecôte de la veille. Ma mère et moi, témoins mutiques de cette métamorphose faisons profil bas, nous attachant à éviter les coups. Nous avions appris d'expérience qu'une fois qu'il avait atteint cette température, mon père, comme une cocotte-minute, pouvait commencer à envoyer des projections et ébouillanter tout ce qui se trouvait à sa portée.

Et c'est ce moment-là que j'ai choisi pour me lancer. Tu aimes la terre dans laquelle tu es plantée, me répété-je comme un mantra. Ton père te veut du bien, il ne sait juste pas l'exprimer comme il le devrait. Il est la cuillère que tu peux plier, et tu fais cela pour son bien également.

Il se tient assis à ma gauche, je pose ma main sur son avant-bras dans un geste doux et ferme. Je ne m'étais jamais conduit avec autant d'intimité avec lui. Et je m'entends prononcer distinctement et avec toute l'empathie que j'ai pu puiser dans le fond de mon âme.

— Je t'aime, papa.

Mon intervention le surprend au milieu d'une phrase. Il s'arrête net de parler. Comme un ordinateur qui bug, son regard tombe dans son assiette. Le silence profite de cette accalmie pour envahir la pièce comme la vapeur d'eau bouillante remplit un sauna. Ses yeux rougis laissent échapper un liquide étrange. C'est peut-être une réaction classique à la vapeur de ce sauna imaginaire. Je n'ai jamais vu mon père pleurer, je n'en reviens pas. Figée sur mon siège, je jette un rapide coup d'œil à ma mère. Elle semble paniquée.

— Ça va, chéri ?

Je me dis qu'elle craint un arrêt cardiaque ou quelque chose dans ce genre. Après les dix secondes les plus longues de ma vie, je retire délicatement la main de l'avant-bras de mon père et je m'adresse à ma mère.

— Nous as-tu prévu un de ces petits desserts dont tu as le secret ? lui demandé-je avec entrain.

Mon détournement d'attention paraît grossier, mais il produit son effet. Elle nous explique que non, avec tout cela, elle n'avait pas eu le temps de s'en occuper. Nous échangeons quelques banalités autour de ce sujet, mon père est toujours hors service, absent. Puis il revient peu à peu parmi nous. D'abord en acceptant une part de glace puis en donnant son avis sur les prévisions météo de la semaine. Il est maintenant calme, toute trace d'émotion s'est éloignée de son visage qui me semble plus serein. Quand je franchis de nouveau le seuil du manoir en direction du RER, je les vois tous les deux m'adresser leur signe habituel de la main. Je note que celui de mon père est plus appuyé et qu'à son habitude. Il me regarde partir en me souriant. Serait-ce le début d'une nouvelle ère dans notre relation ? Les prochaines semaines nous le diront.

18

De retour à la maison, je réalise qu'il me reste à peine peu plus d'une semaine pour finaliser les derniers préparatifs de ma conférence. Je subis dans mon corps le tiraillement de sentiments contradictoires. J'aimerais me réjouir du chemin déjà accompli. Je devrais me féliciter de ce beau pas en avant prometteur que je viens de réaliser avec mon père. J'ai pu m'affirmer face à Arthur et gagner le leadership sur cette conférence et cela aussi constitue un vrai succès. Mon apprentissage au Hameau des Pommiers m'apportera, j'en suis consciente, un regain de bien-être et de confiance sur le long terme. Et tous ces changements, je les dois clairement à Maxence. Je suis toujours perplexe et je me questionne sur les motivations profondes qui le poussent à investir ce temps qu'il me consacre. Sans parler de son suivi à distance avec ces courriers et tout cela sans aucune contrepartie. Je dois le questionner là-dessus pour obtenir une explication claire de sa part. Demain, j'attaque ma semaine sans mon portable personnel. Ma boite, dès ma prise de poste, m'avait proposé de me fournir un téléphone professionnel avec une configuration plutôt minimale, mais utilisable à titre personnel gratuitement. J'avais choisi l'autre option, consistant à garder mon téléphone personnel à mes frais. Cela me permet notamment de ne pas recevoir mes appels professionnels à tous moments et même le week-end. Je ne regrette pas ce choix, qui me donnera la possibilité de vivre l'expérience sans téléphone en évitant les risques côté boulot, car mes interlocuteurs ne comprendraient pas que je ne sois pas joignable durant mes horaires de travail.

Cent-soixante grammes vous manquent et votre sac à main vous semble dépeuplé. Dès mon passage dans mon dressing ce matin, en consultant les prévisions météo de la journée, je me suis dit que mon doudou numérique préféré allait me manquer cette semaine. À peine assise dans le métro, je me surprends à plonger la main dans mon sac à la recherche de mon précieux. Un jeu, un fil d'actualité, n'importe quoi pour occuper les trente-cinq minutes inutiles de transport, entourée de gens que je n'ai pas envie de voir. Je prends mon téléphone professionnel, et parcours pour la forme la rubrique des applis. Je déchante vite, sans surprise, elle ne contient rien de très folichon. Que du pro, tout le reste a été enlevé. Je dois donc me résigner au spectacle qui m'entoure. Mais que m'ont enseigné mes expériences récentes ? De nombreuses situations de notre vie constituent des sources d'apprentissage et d'enrichissement. Pour cela, il me faudra accéder à ce calme intérieur qui me donnera accès aux ressources cachées qui sont les miennes. Mes mains reposent sur mes genoux. Mes pieds sont bien à plat sur le sol. Ma respiration devient de plus en plus régulière et je sens le ballotement de la rame. Je me rends plus attentive aux mouvements, aux accélérations, aux virages et aux séquences de freinages. En prenant conscience des changements de rythme et des balancements de mon corps, je réalise que je ne lutte plus contre ces soubresauts. Ils deviennent mes compagnons de voyage. Je me surprends à les attendre, à les anticiper et même à faire des petits paris. Si les trois prochains virages sont à gauche, je m'offre une gaufre pour mon quatre-heures. Gauche, Gauche, droite, raté, pas de gaufre aujourd'hui pour toi ma Lucie. Si la dame assise à ma gauche sort à la prochaine station, je paie un café à Romain en arrivant au bureau. Je rigole de plus en plus toute seule à me lancer ces petits jeux. Juste en face de moi, j'avise un ado avec gros casque audio vissé sur sa casquette. J'opte en un instant pour le défi suivant : s'il écoute autre chose que du rap, je lui adresse un large sourire. Je me penche légèrement en avant et incline la tête pour mieux entendre le son sortant de son casque. Il ne doit pas mettre le volume très fort, car je ne perçois pas les rythmiques électroniques qui caractérisent ce style. Je ne sais pas ce qu'il écoute, mais sa musique semble avoir du mal à couvrir les hurlements stridents des freins. Nous arrivons à la station suivante, la rame s'arrête et dans l'immobilité et le calme temporaire du wagon, je perçois les saccades caractéristiques du boléro de Ravel s'élever du casque de mon voisin. Les montées des cuivres et des cordes suivies des retombées martelées par les tambours. C'est bien le final du célèbre boléro qui s'échappe du casque de ce garçon, que j'imaginais plutôt biberonné à la bouillie du rap français assisté par vocodeurs. Du coup, je l'observe de plus près. Il ne doit pas avoir plus de seize ans et il protège avec ses mains un sac que je n'avais pas vu de prime abord. Un sac d'une forme peu commune et fait d'une matière synthétique épaisse et protectrice. Ce doit être l'étui d'un instrument de musique. Comme il vient sans le savoir de gagner le pari que je m'étais fixé en secret, je tiens à respecter mon engagement sans plus tarder. Je lui adresse mon plus beau et sincère sourire. Il me regarde d'un air interloqué, peu habitué à ce type de comportement de la part d'une vieille comme moi. Puis, il me rend timidement mon sourire, comme par politesse. Je décide alors de m'adresser à lui.

— Votre instrument, c'est une trompette ? lui demandé-je en montrant du doigt le sac qu'il tient serré contre lui.

Toujours en proie à son étonnement, il me répond tout de même du tac au tac.

— Non, c'est un hautbois, mais démonté en trois parties, cela ne prend pas tant de place que ça.

Puis il sourit, croyant surement parler à une musicienne. Il ne peut bien sûr pas deviner à quel point il se trompe. S'il savait que mon hermétisme à la musique classique est sans doute directement proportionnel à la passion que mon père nourrit pour elle. Mais je ne vais pas m'embarquer sur ce sujet dans cette rame de métro, avec ce garçon que je ne connais pas et qui n'a que faire de mon héritage familial.

Du coin de l'œil je constate que je suis arrivé à ma station. Je souhaite une belle journée au jeune homme, le gratifie d'un dernier sourire en bonus, saute sur le quai et m'engouffre dans le conduit qui va bientôt me recracher sur l'esplanade ensoleillée de La Défense à deux-cent-cinquante-six pas de l'entrée de ma tour. Je connais le nombre exact, car mon téléphone me l'a appris un jour je me suis amusée à quantifier l'intégralité de mes trajets professionnels. Porte à porte, mon smartphone chéri témoigne que je réalise la performance olympique de sept-mille-six-cent-vingt-cinq pas parcourus en moyenne chaque jour. Cela m'assure de bruler précisément trois-cent-sept calories. Les bons jours, quand j'ai plusieurs rendez-vous extérieurs, je peux aller jusqu'à doubler mon nombre de pas et donc mon score de calories envolées. Ce qui me met dans des états de satisfactions indescriptibles. Gagner l'épreuve des poteaux à Koh Lanta, ce n'est rien à côté de cela. Longtemps, je m'étais demandé pourquoi je ressentais une telle satisfaction. La réponse m'avait été donnée lors d'un reportage télé sur les mystères du cerveau. L'explication se trouve dans ce qu'on appelle le système de récompense du cerveau. C'est la bonne vielle technique de la récompense, le sucre que l'on promet à son animal domestique. Sauf qu'en l'occurrence, l'animal domestique c'est moi. Comme un petit toutou bien dressé, je cavale toute la journée et j'ai mon ordinateur embarqué qui me félicite en fin de journée. Et si j'apprenais à me détacher de ce besoin que j'ai de me rassurer avec ce téléphone ? Et j'apprenais à m'observer et à m'écouter plutôt que de sous-traiter cela à cette machine ? Quelque chose me dit que ce sont mes échanges avec Maxence qui m'amènent à ses réflexions.

19

L'événement a été organisé dans un de ces hôtels spécialisés dans les séminaires d'entreprise. Je m'apprête à monter sur scène dans un véritable amphithéâtre pouvant accueillir cinq-cents personnes. Je suis programmée pour passer à onze heures trente, juste avant le déjeuner. Mon intervention représentera le point d'orgue de cette matinée. Ce qui m'attend, ce qu'il va se passer, j'ai tellement tourné et retourné le scénario dans ma tête que je ne suis plus sûre de rien. Je sais que tous les gens que je côtoie dans mon quotidien professionnel seront à mes côtés. Mon ange gardien Romain, bien sûr, et à plusieurs titres. D'une part, c'est lui qui pilote la dimension technique de mon métier. D'autre part, ma tendance à voir les choses plutôt du côté du verre vide que du verre plein est fortement contrebalancée par son optimisme à toute épreuve. D'ailleurs, quand il a débarqué ce matin, j'ai eu du mal à réprimer un rire nerveux. Mon Romain en costume, je ne pensais pas vivre assez longtemps pour voir cela. Lorsque je lui avais annoncé qu'il ferait une apparition sur scène, il m'avait prévenu d'un air pénétré qu'il ferait un effort vestimentaire. Et bien il n'a pas lésiné sur l'effet. Il porte le total look de Men in black, la montre incluse dans le package. C'est ce qui doit se rapprocher le plus de la classe pour lui. Et j'avoue que ça le change tant que je ne sais pas comment lui dire que cela lui va plutôt bien. Pourtant, je vais devoir trouver les mots pour le remercier, car j'ai une multitude de raisons de le féliciter du travail qu'il a accompli. J'espère avoir l'occasion de lui montrer aujourd'hui à quel point son engagement a été déterminant dans cette aventure commune.

Pour lui, l'enjeu technique est de taille. Produire une intelligence artificielle en mesure de traiter les demandes des premiers niveaux d'assistance pour tous nos clients particuliers. Architecture globale du projet, pilotage des prestataires dans plusieurs régions du monde et gestion des différents services concernés en interne. Il mérite une grande partie des louanges espérées de cette journée. Si ce projet avait été lancé au niveau du groupe depuis un an, en réalité le séminaire lors duquel nous avions pris la décision d'en faire le point culminant de notre travail d'équipe ne datait que de cinq mois. En cinq mois, nous avions réalisé le tour de force de transformer un projet d'étude vague et prospectif en une application interne concrète pour l'ensemble de nos clients. Le boulot de Romain avait consisté à orchestrer tous les intervenants pour que le produit fonctionne. Mon boulot avait été de collecter l'ensemble des besoins et d'en faire accepter le résultat à tout le monde. Un vrai tour de force !

Ce soir, cette épreuve sera derrière moi, c'est trop cool quand j'y pense. Je rentre maintenant dans l'amphithéâtre, qui est presque plein. Le sujet précédant notre intervention vient de se terminer. Ceux qui s'apprêtent à nous laisser leur place sur scène débranchent leur matériel sous les commentaires de l'animateur de l'événement. Benoit, directeur de la communication du groupe, donne le meilleur de lui-même dans ce rôle. Pour lui, c'est presque les Césars, avec le smoking en moins. Il n'a pas cédé aux sirènes de la cool attitude et abandonné la cravate, bande de tissu obligatoire pour tout détenteur d'un titre de directeur dans cette entreprise. Depuis qu'un certain Steve Jobs a mondialisé ses présentations en tenue jeans et sneakers, les normes ont changé dans de nombreuses entreprises, mais pas encore dans la nôtre.

Je monte sur l'estrade, accompagnée par une musique plutôt forte et énergique. Je pense reconnaître une mélodie familière mais c'est juste un de ces jingles entrainant que l'on entend dans ce type de circonstances. Romain se trouve à quelques pas de moi, légèrement en retrait, sa présence me rassure, et au-delà de la ligne de basses et des vibrations de la batterie électronique s'élève un signal. Le temps semble soudain changer de texture. Il m'est difficile de dire si les secondes deviennent des minutes. Ou bien si le temps, comme congelé, vient de se bloquer sur cette note particulière qui semble sortir de la mélodie enveloppée de basses et de batteries. Mes talons sont bien plantés dans cette surface moelleuse. L'épaisseur de la moquette me replonge dans la forêt entourant le Hameau des Pommiers. Mes pas s'égrènent lentement, je détaille chaque arbuste, chaque feuille reposant au sol, j'en savoure le moment présent et je me nourris de tout ce qui se trouve à la portée de mes sens. Mon regard quitte la moquette marron parcourue de lignes argentées. Mes yeux s'élèvent vers le premier rang puis, adoptant une trajectoire oblique, parviennent à toucher le haut de l'amphithéâtre. Dans ce même mouvement, mes poumons se gonflent d'une vaste inspiration. Je suis là, devant tous ces gens, je me sens bien, je me sens compétente, assurée, la lumière est belle, je suis belle. Je souris, je respire, je veux leur dire tout ce que j'ai à leur dire, car je sais maintenant que j'en suis pleinement capable. Ce signal flotte encore indiciblement dans l'air et n'en finit pas de tenir dans les notes de musique. Ce signal devient assourdissant et remplit cet amphithéâtre, pénètre toutes les oreilles présentes et me soulève. J'ai la sensation de flotter au-dessus du sol et en même temps d'être extraordinairement enracinée dans le sol. La musique s'arrête. Ce signal, prononcé, presque crié par l'animateur, c'est mon nom. Ce moment est à moi, pour moi…

Je reprends la conscience du temps qui passe en sentant des bras qui m'enlacent. C'est Romain qui saute comme un hystérique tout à sa joie.

— On l'a fait ! On l'a fait ! On a tout déchiré ! Tu les as complètement fascinés.

— Hein ? Quoi ? Mais qu'est-ce que tu racontes ?

— Mais t'es dans les vapes ou quoi ! poursuit-il, son excitation s'étant maintenant diffusée jusqu'à ses bras qui s'agitent en l'air et singent une holà footballistique. Standing ovation ma Lucie ! Ils se sont tous levés pour Lucie ! J'avais envie de chialer tellement j'étais ému, je te jure, je n'en reviens pas…

Je me sens comme engourdie sous l'emprise de sentiments et de sensations contradictoires. Je sais que la cérémonie est derrière moi, d'ailleurs je note qu'autour de nous se dressent des tables de restaurant, je dois me trouver dans le restaurant de l'hôtel où se déroule l'événement. Mais comment suis-je arrivée là ? Le vide complet ! Les dernières images claires qui me viennent à l'esprit me propulsent dans l'amphithéâtre bondé. Je suis sur scène avec cette musique au volume trop élevé. Avec ces basses qui tonnent, ce refrain qui ressemble à un jingle racoleur. J'ai entendu mon nom et puis plus rien. Je me serais évanouie ? Romain semble me soutenir une thèse très différente. Mais que s'est-il donc passé ?

Fais un effort ma fille, fouille dans ta mémoire, tu dois bien te souvenir de quelque chose. Ta présentation a duré trente minutes tout de même !

Dans ma mémoire flottent quelques bribes de mots que je m'entends prononcer. Surgissent aussi certaines images issues de mon déroulé de slides projetés en format quatre mètres sur trois sur un écran géant. Et un brouhaha confus en fond sonore, peut-être des applaudissements.

20

La nuit a été plutôt courte. Romain et le reste de sa bande m'ont embarquée dans une de leur virée en mode « café racer », une expression qui vient d'une pratique de motards urbains et qui consiste à se déplacer d'un bar à l'autre avec sa horde de fêtards pour se donner le maximum d'opportunités de rencontrer de nouvelles personnes. Drague, bières et planches mixtes dévorées sur le comptoir. Voilà ce à quoi fut consacrée cette nuit. Sur le front de la séduction, j'avoue avoir rencontré un certain succès auprès de deux jeunes créatifs, designers graphiques d'une de ses agences web qui pullulent dans ce quartier parisien branché. Ils semblaient fascinés par la journée que je venais de vivre. Le récit de Romain me mettait, il est vrai, plutôt bien en valeur. Ils paraissaient également hypnotisés par mon décolleté, je l'avoue, assez prononcé. Je suis donc repartie avec deux 06 et une invitation à découvrir la galerie Perrotin, juste à côté du bar dans lequel nous achevions une tournée de pintes. L'un des garçons en question s'offrait comme guide et me proposait de découvrir le travail de Takashi Murakami, que l'on me promettait hallucinant. Je n'avais pas erré ainsi dans la nuit parisienne depuis des lustres et cette soirée d'insouciance m'a vraiment fait du bien. Ce type de rencontre éphémère est excellent pour l'ego. Quant à ses deux garçons, je comptais les classer immédiatement dans ma « friend zone », trop jeunes et un peu trop « arty » pour moi. Mais j'avoue avoir tout de même passé un bon moment en leur compagnie.

Je marche d'un pas décidé vers le Parc Monceau qui est devenu comme un deuxième chez moi. Les circuits me sont maintenant familiers. J'ai appris à repérer les monuments discrets ponctuant le paysage. Si nous ne sommes pas ici dans les grandes réalisations des Buttes Chaumont avec lac et grotte artificielle, le charme discret de la sculpture de Chopin attire toujours mon regard. Le compositeur installé à son piano exerce son pouvoir de fascination sur une femme assise à même le sol à ses côtés. Les yeux couverts par sa main, elle semble sous l'emprise de l'œuvre ou de son compositeur. En passant une nouvelle fois devant ce marbre blanc imposant, je me questionne à nouveau. Suis-je moi-même sous la même emprise vis-à-vis de Maxence ? Je dois avouer en toute honnêteté qu'hier soir, les deux charmants créatifs ne faisaient pas le poids face à mon mentaliste. Et même si notre relation ne souffre d'aucune ambiguïté, je n'arrive pas à complètement le retirer de mon esprit.

Je m'installe sur un banc où nous nous retrouvons souvent. Mon regard circule sur les couples qui constituent le gros des troupes en ce samedi matin sans pluie. Il va falloir que je m'y mette un jour, me dis-je en aparté. Sans téléphone, recommandation de Maxence oblige, je distrais mon ennui en détaillant les passants, essentiellement des familles de bobos précédés de poussettes. Un jeune homme, la trentenaire, se détache du lot et slalome entre les enfants. Portée par une allure énergique et souple, sa silhouette sombre contraste avec la lumière émanant de son visage. Jean noir et manteau long accordés au noir jais de ses cheveux, je constate comme il se rapproche que la lumière provient du reflet du soleil matinal sur sa peau blanche. Mais pas seulement, car son sourire occupe maintenant une bonne partie de la surface de son visage. Il continue à naviguer avec agilité entre les passants et fonce maintenant sur moi. Mon cerveau fait sept tours sur lui-même. Est-ce que je connais ce mec ? Je consulte la base de données interne des tous les beaux gosses de ma tour à La Défense. Telle une enquêtrice du FBI, je fais défiler à vitesse rapide la totalité des fiches disponibles. Et bien non, aucune correspondance, même de loin. Aucun n'a cette allure et comment dire… Il se rapproche et waouh, maintenant que je le vois beaucoup mieux, il est carrément canon. Je regarde à ma gauche et à ma droite, il doit cibler une autre personne que moi, ce n'est pas possible. Je passe à la consultation des fiches des ex plus ou moins lointains qui auraient pu faire une réapparition dans ce parc ce samedi matin. Et toujours rien, le désert, nada, aucun ancien petit ami ne ressemble à cet ovni. Ovni qui est maintenant planté en face de moi, les yeux plissés par son sourire et un rayon de soleil lui tombant sur l'œil droit.

— Bonjour, vous devez être Lucie, n'est-ce pas ?

— Non, heu je veux dire oui, mais heu, enfin, ce que je veux dire, c'est que ce n'est pas moi.

Devant son expression décontenancée, j'enchaine tout aussi lamentablement.

— Enfin, je veux dire oui, je m'appelle Lucie, mais ce ne doit pas être moi que vous cherchez bredouillé-je.

Ma poitrine saute sous mon pull, en petits bons convulsifs. J'ai adopté le rythme cardiaque d'un chaton apeuré. Sans me demander plus d'informations et se passant de toute autorisation préalable, il s'assoit à côté de moi, fouille dans sa poche intérieure et en sort une enveloppe blanche avec mon nom écrit à la plume dessus.

— Cette lettre est pour vous, Maxence m'a chargé

de vous la remettre. Il m'a fait une description sommaire de votre visage pour que je puisse vous reconnaître. Mais il avait oublié de préciser que vous étiez aussi jolie. Et pour être franc avec vous, je rechignais un peu à lui rendre ce service. Mais là, en face vous, je suis finalement très content d'être venu jusqu'ici.

— Ah vous venez de loin ? le questionné-je sur le ton candide d'une collégienne à son premier rendez-vous.

Non mais reprends-toi ma fille !

Il me dit que Maxence m'a écrit, ce qui veut dire qu'il ne viendra pas aujourd'hui ou pire, qu'il ne souhaite plus me voir. Et moi, j'enclenche le mode bouche en rond et regard par en dessous devant le bellâtre qui vient de se matérialiser sur le banc à côté de moi.

— J'habite le Marais, ce n'est pas si loin si on y pense mais vous connaissez les Parisiens. Tellement attachés à leur quartier.

— Ah, vous aussi vous habitez le Marais.

Génial, j'enchaine les commentaires stupides.

Devant son regard interrogatif, je me sens contrainte de poursuivre dans mon dérapage non contrôlé.

— J'ai passé la soirée d'hier avec des amis dans le Marais et c'était plutôt sympa.

Tu es complètement décervelée ma Lucie, raconte-lui que tu as aguiché deux types accrochés au bar à coup de décolleté panoramique pendant que tu y es.

Et là, comme pour me sauver, il coupe court à mes divagations en se redressant pour me tendre la main.

— Je m'appelle Adrien, Maxence est mon professeur d'hypnothérapie, je suis psy, ajoute-t-il.

« Ah d'accord » est la seule phrase construite qui sort de ma bouche. Depuis que Monsieur Bô Gosse a posé son popotin sexy sur mon banc, je suis passée en mode QI à deux chiffres. Plus moyen de faire une phrase complète avec sujet, verbe, complément. Je me désole de cette subite déchéance mais me réconforte aussitôt en plongeant dans les yeux verts noisette d'Adrien.

— Alors vous la lisez cette lettre ? Ou bien préférez-vous que je vous laisse seule pour cela ?

— Non, dis-je. Pas la peine.

— Vous ne voulez pas la lire ? s'étonne-t-il en haussant un sourcil.

Avec l'agilité mentale d'un bulot sous Lexomil, je tente de clarifier ma pensée.

— Non, inutile de partir. Je veux dire que vous pouvez rester.

Je lui adresse un pathétique sourire dont j'espère qu'il ne trahit pas ma supplique interne. Je n'ai aucune envie de voir s'éloigner cet Adrien qui me trouble tant.

— Je vais la lire, ajouté-je en mêlant le geste à la parole et en décachetant la lettre avec précaution pour ne pas en déchirer le contenu.

Ma chère Lucie,

Vous devez encore être dans la joie du succès de votre prestation d'hier. Vous ne m'en avez pas encore parlé, mais je suis certain que cela a été une réussite et que ce moment a changé votre vie professionnelle. Comment je peux savoir cela, devez-vous vous demander. Et bien rappelez-vous que je suis mentaliste. Vous venez de vivre un tournant, et vous en tirerez les bénéfices pour le reste de votre progression dans tous les registres de votre vie.

Je vous dois une explication pour mon absence d'aujourd'hui. Si je ne suis pas assis sur ce banc à votre côté, c'est que vous n'avez plus besoin de moi, Lucie. Mon travail avec vous est accompli. Vous avez passé de nombreuses portes depuis que nous nous sommes rencontrés et le mérite n'en revient qu'à vous seule. Vous avez réalisé ces changements, courageusement et en faisant preuve de persévérance et de talent.

Il me faut également vous avouer quelque chose que je ne voulais pas vous révéler plus tôt.

Vous m'avez beaucoup plus aidé que vous ne pouvez l'imaginer. Comme je vous l'ai dit, avant ma vie actuelle d'artiste de scène, j'exerçais un autre métier. Durant quinze ans, j'ai exercé le passionnant métier de psychothérapeute. Toutes ces années ont été consacrées à m'occuper de personnes qui ont placé leur confiance dans ma capacité à les mener vers une vie meilleure. Une vie où leurs phobies, leurs angoisses et leurs peurs cesseraient de les empêcher de vivre. Mais ce que je ne vous ai pas encore révélé c'est la raison pour laquelle il m'est devenu insupportable de l'exercer. Une patiente que je suivais depuis deux ans a décidé de ne plus souffrir. Elle s'est donné la mort un samedi de février. Tout thérapeute vit un événement comme celui-là dans sa vie, c'est affreux mais cela fait partie du métier. Je le savais et je pensais alors m'y être préparé. Je croyais m'y être préparé. Il n'en a rien été. Ma réaction à ce suicide fut violente et pas du tout professionnelle. Un sentiment de colère et de culpabilité m'a submergé sans que je puisse le contrôler. L'ensemble des digues que j'avais construites consciencieusement durant toutes ces années ont sauté en même temps. Je parle des barrières invisibles que le thérapeute installe pour éviter de compatir excessivement, de tomber amoureux ou de même de vouloir sauver à tout prix son patient. Tout cela a volé en éclats et il m'est soudain devenu impossible d'exercer ce métier.

J'ai annulé mes rendez-vous et écrit une lettre à

tous mes patients pour leur expliquer que des raisons médicales me poussaient à interrompre mes consultations. Je les ai bien sûr envoyés chez mes confrères. J'ai baissé brutalement le rideau sur ce métier qui jusque-là avait joué pour moi le rôle de vocation. Pour éviter de tomber dans la dépression que je sentais pointer, je me suis jeté dans une activité complètement nouvelle. Un ami magicien m'ayant proposé de m'apprendre quelques tours pour me distraire, j'ai accepté. Je pensais que cette activité contribuerait à me changer les idées. Ma surprise fut grande de constater que cet intérêt superficiel s'est mué progressivement en une curiosité intense. En quelques mois, je me suis familiarisé avec les fondamentaux et me suis attaqué à la magie mentale qui me semblait intégrer des éléments de psychologie proche de mes compétences de base. Toujours sous la supervision de ce magicien professionnel, j'en suis venu à écrire puis à jouer une première version d'un spectacle de mentalisme. Un an et demi après l'événement dramatique qui m'avait fait quitter le métier de psy, je montais sur scène en tant que mentaliste de spectacle. La suite vous la connaissez. Ce que vous ne savez pas encore, c'est que votre rencontre a provoqué un nouveau choc en moi.

Vos demandes et vos attentes de changement ont réveillé le besoin d'aide et d'accompagnement du psy qui sommeillait en moi. En conséquence de quoi, j'ai pris la décision de rouvrir mon cabinet de psychothérapie et d'accueillir de nouveau des patients.

Je m'en sens de nouveau capable aujourd'hui. Et ce changement, je vous le dois, Lucie. J'aime à penser que nous nous sommes tous les deux aidés dans nos parcours de vie. Les secrets du mentaliste que je vous ai révélés vous seront utiles dans bien des situations, je l'espère de tout mon cœur.

Une dernière chose, ma chère Lucie, et elle concerne le jeune homme qui vient de vous remettre cette lettre. Adrien est un de mes anciens étudiants talentueux et j'ai participé à sa formation de psychothérapeute. Il m'a semblé que ma dernière contribution au développement de votre bien être était de forcer un peu le destin en vous présentant ce garçon.

Vous connaissez ma capacité à décoder les personnalités et à identifier les compatibilités entre les êtres. Je fais le pari qu'entre vous deux, de belles choses peuvent se produire. C'est toute la beauté de l'aventure de cette vie qu'il vous est offert de découvrir maintenant. Et pourquoi ne pas se donner cette chance à deux ?

Vous n'avez plus besoin de moi Lucie.

Je suis fier de vous, car demain vous appartient.

ÉPILOGUE

6 mois plus tard

Aujourd'hui j'ai trente ans et je suis sidérée de constater tout le chemin parcouru depuis un an. Cela a débuté par la rencontre avec Maxence dans ce théâtre de Pigalle. Puis le partage qu'il m'a consenti de certains de ses secrets. Secrets sous la forme de confidences qui m'ont permis de réaliser tant de progrès dans ma vie de femme et dans ma vie professionnelle. Je n'en reviens tout simplement pas, tout me semble s'être déroulé si vite. Aujourd'hui j'ai trente ans et je suis plantée devant la porte du manoir de la rue des cerisiers. Je viens d'appuyer sur le carillon de la sonnerie du portail. Ce geste anodin, je l'ai bien sûr déjà réalisé des centaines, des milliers de fois mais cette fois est bien différente des autres. Aujourd'hui j'ai trente ans et à côté de moi, Adrien m'enlace par la taille et me couve de son regard tendre. Il me susurre quelques mots à l'oreille.

— Ne t'inquiète pas tout va bien se passer.

Je le regarde en retour sans rien à répondre, ma gorge est sèche et je prends une grande inspiration. C'est la première fois que mes parents le rencontrent, comment cela va-t-il se passer ? Secret numéro cinq, j'aime la terre dans laquelle je suis plantée. Secret numéro neuf, toute ma vie se déroule là maintenant, dans cet instant. Le passé est derrière toi, le futur n'existe pas, le présent me tend les bras.

Aujourd'hui j'ai trente ans et je décide de ne plus me soucier de l'approbation de mes parents. Je souhaite sincèrement qu'ils apprécient Adrien. Et ce sera formidable si cela se déroule au mieux. Mais, quel que soit leur choix, cela restera leur choix. Et ce choix n'affectera pas ma décision, car je sens au fond de moi que je suis dans la vérité, ma vérité.

Martine ouvre la porte et elle porte bien sa

soixantaine de jeune retraitée, Adrien lui tend le bouquet qui encombrait sa main de libre et il note comme moi le rouge vif qui envahi le cou et le visage de ma mère. Eh bien, me dis-je pour moi-même, Adrien doit connaître l'expression « on n'a pas deux fois l'occasion de faire une bonne impression ». Car il vient de faire un strike sur ma mère, ce qui ne me surprend qu'à moitié vu le charme insolent du garçon. Il faut bien avouer qu'il excelle dans l'art de la première impression. Dire qu'il plait à coup sûr à la gente féminine serait faux, j'ai bien trouvé deux copines d'école qui l'estiment un peu trop intello à leur gout. Depuis six mois, date officielle de notre rencontre et donc de notre histoire, je l'ai présenté à l'essentiel de mes relations personnelles et professionnelles. C'est bien simple, depuis sa matérialisation quasi magique au milieu du Parc Monceau, il n'a pas quitté mon univers. Dix jours après notre rencontre, nous vivions pour ainsi dire ensemble. Il a tenu trois semaines avant de solliciter l'usage de quelques tiroirs dans le dressing de mon appartement. Je n'avais encore vécu avec personne dans ce deux pièces parquet cheminé haussmannien, le terrain était donc vierge. Alors, pourquoi ne pas entamer une nouvelle page de ma vie dans ce lieu ? Je lui ai bien sûr confié les détails des aventures de mon chemin initiatique avec Maxence. Du récit que je lui ai fait de la semaine au Hameau des Pommiers, il a imaginé un petit nom d'amour à mon intention. Depuis qu'il m'appelle « son Lotus » en retour, je l'interpelle à coup de « mon facteur d'amour ». Le mérite de notre rencontre n'est-il pas dû à la livraison d'un courrier finalement ?

Aujourd'hui j'ai trente ans et le programme de la journée a été concocté avec soin. Je suis assez fière d'avoir réussi à organiser cette journée à distance et d'avoir obtenu l'assentiment de tout le monde. Le déjeuner sera consacré à la présentation d'Adrien à mes parents. Ces derniers ont accepté d'avancer leur départ en vacances d'une semaine et de me laisser la maison pour que j'y accueille mes amis pour mon anniversaire. J'attends vingt-cinq personnes ce soir, dont Maxence et sa femme ainsi que quelques amis d'Adrien que je ne connais pas encore. Je vais favoriser certaines rencontres et mixer des univers étrangers, cette perspective m'excite déjà.

Mon regard parcourt le jardin et les abords de la maison et je visualise la métamorphose que nous allons devoir imposer à ce jardin bien trop sage et banal, pour le rendre accueillant et sympathique aux yeux de Parisiens blasés. Nous nous y attellerons dès la fin de ce déjeuner et le départ de mes parents.

Nous sommes à table et c'est Adrien qui ouvre le feu en interrogeant directement mon père.

— Votre rôle de médecin de proximité doit être captivant. J'imagine votre satisfaction professionnelle à vivre à côté des personnes qui comptent sur vous pour les maintenir en bonne santé.

Il est fort le bougre. Certes, je l'ai un peu briefé sur la manière de caresser mon père dans le sens du poil, mais je vois qu'il s'en sort à merveille. Après lui avoir répondu, mon père se retourne vers moi et avec, un sourire doux que je ne lui connais pas, déclare comme si cela tombait sous le sens.

— Je suis sincèrement heureux que ma fille vous

présente à nous aujourd'hui, Adrien. Nous avons eu nos différends elle et moi, la communication n'a pas été toujours simple et j'en suis sans doute en grande partie responsable.

— Papa, n'exagère pas, dis-je gênée.

— Non seulement je n'exagère pas, mais ce constat, j'aurais dû le faire par moi-même et bien plus tôt.

Il se tourne vers moi et ajoute :

— Quand je regarde ton parcours et le chemin que tu as accompli, je constate que tu t'es battue et que tu en as beaucoup de mérite. Et si aujourd'hui, le bonheur te tend les bras et bien, je suis fier d'en être le témoin et pas l'instigateur. Tout ce que tu es aujourd'hui, tu ne le dois qu'à toi. Ma fille, je suis heureux d'être ton père.

Mon cœur rate un battement et ma respiration devient hésitante, l'émotion monte jusqu'à mes yeux et je ne parviens pas à retenir les larmes qui me viennent. L'augmentation de mon trouble s'accompagne d'une douce chaleur qui ouvre mon visage sur un sourire quand je sens la main d'Adrien qui prend mon bras pour me soutenir dans l'intensité de ce moment. Je suis à la fois extrêmement émue et intensément bien. Dans ce jardin, à cet instant, je me dis que c'est peut-être cela la vie d'un lotus. Les pieds dans la boue et la robe lumineuse d'un pétale sur lequel roulent quelques gouttes d'humidité.

À peine la voiture de mes parents a-t-elle passé le coin de la rue de cerisiers que nous nous lançons dans le complet réagencement du jardin de la maison. Cette préparation dans un temps limité n'est pas sans m'évoquer un certain matin en Dordogne. Je souris intérieurement, car je sais que la satisfaction de réunir tous ceux qui comptent pour moi va me permettre de trouver les ressources pour que cette soirée soit une réussite.

Les invités commencent à arriver en grappes éparses. Adrien me prend dans ses bras et m'embrasse avec tendresse, il me glisse à l'oreille que nous sommes remplis de promesses.

Aujourd'hui j'ai trente ans et je suis un lotus.

LES SECRETS DU MENTALISTE
(EXTRAIT DU CARNET DE LUCIE)

Secret numéro 1

Au commencement était l'attention.

Augmenter sa capacité d'attention est la clef de la compréhension du monde dans lequel on vit.

Secret numéro 2

Savoir parler la langue de l'autre va augmenter votre capacité à faire passer vos messages

Secret numéro 3

La question magique pour régler une situation tendue : qu'est-ce que je vais changer chez moi, qui va le faire changer lui, sans que j'aie à lui demander de changer ?

Secret numéro 4

Pour apprendre à dire Non à quelqu'un, il faut en même temps dire Oui à la personne et Non à sa demande.

Secret numéro 5

Pour développer l'ancrage et la stabilité, il est utile de se dire : « J'aime la terre dans laquelle je suis planté ».

Secret numéro 6

Pas de boue, pas de lotus.

Secret numéro 7

Toute notre vie ne se vit qu'au présent. L'oublier peut nous amener à habiter dans la tristesse du passé ou dans la crainte de l'avenir. Dans le moment présent réside le bonheur.

Secret numéro 8

En cas de coup dur, consacre ton énergie à construire une solution plutôt que de la consumer dans la recherche des causes du problème.

Secret numéro 9

Interrompre le faire pour porter l'attention sur l'être.

REMERCIEMENTS

Ce livre n'aurait jamais vu le jour sans les encouragements répétés, les remarques pertinentes, les relectures et corrections minutieuses de Juliette, ma bien aimée.

Un grand merci à Philippe pour sa relecture fine et attentive.

Ma reconnaissance va également à Marco, mentaliste raffiné et maître de chorale lumineux qui m'a initié à cet art subtil.

Printed in Great Britain
by Amazon

51667523R00166